燈籠

L-A-N-T-E-R-N-eon
Neon 書系

日常裡充滿形形色色的荒唐，
我們需要更多的逆襲霓虹光！

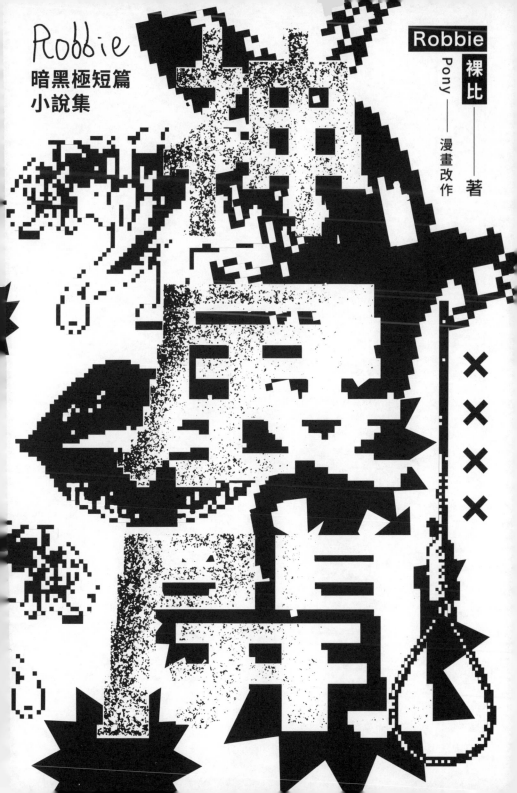

Robbie

暗黑極短篇
小說集

Robbie

裸比 —— 著

Pony —— 漫畫改作

早在 PTT 媽佛版，我已經拜讀過傑比的許多短篇，而今他終於出書了！下手之前請做好三觀炸裂的心理準備，19 禁的異色，腦洞大開的黑色幽默，猜不出結局的台式邪典與獵奇～

怪才終不被埋沒。恭喜裸比！！！

—— 演員｜謝盈萱

我的天啊！完全猜不到故事結尾，這短篇鬼故事太有趣了！
最適合給害怕靈異的朋友，會越看越上癮哦！

—— 恐怖漫畫家｜阿慢

臺灣版的伊藤潤二，而且多了一分黑色幽默和社會寫實，每次拜讀都很好奇作者的腦袋到底裝什麼！

—— 作家｜我是小生

尺／恥度油門直接踩到底，
車速太快不是笑死就是嚇死！

—— 公園系網紅｜姆士捲

「踏遍山河只為尋找真理，
　縱橫鄉野完全沒有邏輯。」
你永遠不知道下一站是哪裡，
跟人生一樣，
跟這本書一樣。

—— 警察作家｜不拎 gun
（《警察不拎 GUN 已抵達案件現場》作者）

等等，先告訴我裸比都嗑了什麼？！

我強烈建議衛福部趕快將它列為中小學生必須攝取食品，臺灣要超英趕美輾中，就靠這個惹！

—— 作家｜王晨宇（《我不是怪物》作者）

不落窠臼、獨創一格的驚奇之作。

—— 作家｜千年雨（《山村奇譚》作者）

以下人群適合服用《神展開》：

(1) 對生活生命工作感到倦怠，認為天底下沒有新鮮事者。

(2) 不想看一堆囉嗦文字，想直接來點刺激者。

(3) 想要扭轉保守、既定的成俗規則，卻不知如何跳脫框架者。

—— 職場作家｜翻轉公職克莉爾

（《公務員工作生存教戰手冊》作者）

認識裸比好多年仍然不清楚他腦袋裡裝了什麼，唯一知道的是每次看完他的文章我的嘴角不知道為什麼都笑到要親到耳垂。

喔，還有他手寫字跡跟故事一樣離奇。然後他很會賣內褲。

—— 日本 UNDERSTAND 男性內褲品牌海外負責人｜老王 Max

同場笑瘋推薦

· 簡莉穎｜劇場、影視工作者

· 尼爾森式症｜佛系吉娃娃繪師

自序

　　一直希望有天能出本旅遊書，感謝編輯依婷的出現，讓我實現一半的願望，人生就是這樣有趣。

　　在此最感謝女神謝盈萱的推薦與喜愛，給我帶來許多驚喜！感謝「我是小生」在粉絲團二度推薦拙作，讓更多人看見我的作品。感謝簡莉穎、阿慢、姆士捲和尼爾森，願意掛名推薦。感謝 Ptt Marvel 創作者，阿九、不拎 gun、千年雨，還有我的國小同學克莉爾及 UNDERSTAND 日本內褲品牌負責人 Max，願意幫我寫推薦語。

　　我還想感謝 Ptt Marvel 版所有推過我文章及 E-shopping 版上討論小弟我的眾多鄉民。感謝我身邊為我打氣的所有朋友，以及我非常開明自由的父母親。曾經給人算命，說我這個人沒什麼長才也不會賺錢，唯一的優點就是貴人多，看來有點準。

　　版面有限，要感謝的人太多太多，無法一一致謝。謝謝人生路上所有貴人們，也謝謝拿起這本書的你。

目次 Contents

今天來點瘟腥

前女友系列

 # 不可以色色

資訊量太多

鬼
比人可怕

好姊妹

　　我目前懷孕 7 個月左右，而且是龍鳳胎，開心。現在正在從高雄搭高鐵回臺北的路上。這一切順遂的人生，都要感謝我的好姊妹。

　　大約兩年前，我交了一個男友小陳。一次吵架後，我鬧脾氣說分手，冷戰了兩天，對方都沒主動找我求和。因為從小我的自尊就比我的身高還高，所以我再怎樣都要忍住不跟對方聯絡。

　　但我真的非常非常喜歡他，再這樣下去肯定就分手了，我非常苦惱，於是朋友建議我可以去拜月老。但另一個朋友說，若不是正緣，就不要拜月老，不然會把你的非正緣切掉。

小陳高壯帥，即便不是正緣，我也還是想繼續努力看看。而且，拜託，正緣憑什麼由正神決定，也許小陳就是我的正緣啊！

　　好，不找月老，但我那時候不知道哪根筋不對，認為女性的煩惱就是要說給女性聽，所以就去當時住家附近的一間姑娘廟拜拜祈求。

　　這間姑娘廟據說是四個姑娘遇害，先姦後殺，村裡的人為了安撫亡靈而蓋建，希望四姑娘能保佑村裡平安，不要再發生這種慘案。那間廟小小的，坐落在產業道路的一角，平常香火不鼎盛。記得當天還下著雨，現場氣氛有點可怕。

　　但想到要跟小陳分手更可怕，我還是鼓起勇氣，向四姑娘哭訴我的願望，希望小陳能主動跟我聯絡。

　　姑娘廟真的很靈驗，當天晚上我在夢中痛哭，然後四個漂亮的小姊姊抱著我，跟我說那個小陳很爛，根本不值得我為他流眼淚，然後向我保證，不久後我就會遇到正緣，很快就會美滿幸福。

之後接連好幾個晚上，姊姊們都會在夢裡陪我聊天說話。跟我說 70 年代她們的故事，而我也會跟她們說說職場上的辛酸，以及我有多思念那位前男友。

　　我和這四位姊姊成為好朋友，成為好姊妹。我不但常常拿水果去祭拜她們，甚至會買她們從未吃過的食物，例如麻辣鍋，例如焗烤田螺，例如棉花糖口味的披薩。然後晚上她們就會到夢裡跟我說說品嘗食記，看得出來她們吃得很開心。

　　有時候，我還會買性感內衣送給她們。畢竟那個年代的內衣過時了。是我的好姊妹，當然要穿最好的囉！去年我還送給她們四支按摩棒，在夢中親自教她們如何使用。姊妹們在夢中不斷大笑驚呼，說她們很老派啦，會害羞啦。矜持得不得了，呵呵。

　　有一天媽媽帶了老家巷口鄰居來找我。巷口鄰居長相其貌不揚，微禿，170 公分左右。不過講話斯文，不菸不酒，不去夜店，還在新北郊區買了房子。媽媽希望我能與他多聊聊，認識一下。

當天晚上四姊妹跟我掛保證強力推薦，說這個男的雖然不會大富大貴，但能給妳一世平安，不再為情所困。想想也是。女人要的不就是這個嗎？於是我答應跟他交往，3 個月後就接受求婚。

　　老公雖然沒有給我戀愛觸電的感覺，但到了這個年紀，或許就應該不再像少男少女，談那種令人怦然心動的青春劇學生戀愛了吧。而且很幸運的，結婚後沒多久，我就懷上龍鳳胎。人生能短短幾個月加速到這樣的人生階段，真的很感謝這四位好姊妹們。

　　我一邊安撫著胎動的肚子，一邊這樣由衷感激著。到時候要買好幾個雞腿油飯，還要讓小孩認四姊妹作契母，好好感謝我生命中的貴人們。何其有幸，多少人拜拜總是說心誠則靈，但真的實現願望的有幾個？

　　而我，不但讓人生因此走向正軌，而且還多認識四位待我如家人的好姊妹們，人生中遇到所有煩事她們都會到夢裡給我安慰跟建議。對她們的感恩之情，實在是難以言表……

我越想越心滿意足，不知不覺車就到臺中了。到臺北還要一段時間，正準備閉目養神小睡個覺時，眼角餘光瞥見一個男人靠近，手上對著車票，看起來是鄰座。我挪了一下包包，抬頭與他相視對看，兩人不禁驚訝得同時叫了出來。

　　這不就是那位不主動聯絡，無聲無息分手的前男友小陳嗎？

　　小陳還是不減帥氣，而且更壯了。車子很快就開動了，坐下來的時候他的健壯手臂輕輕碰到我的肩膀，我的心撲通撲通跳著。天呀！少女的怦然心動啊。他看了一下我，笑著問我是否懷孕了。我笑著說是龍鳳胎。他說恭喜，說我是甄嬛。我們相視而笑。但他笑了笑之後，表情若有所思。

　　然後他問我說，分手不到兩年，怎麼就結婚還有小孩了？我斜眼看他說，還不都是因為他不來主動復合呢。他靦腆的笑了笑，說兩年當中他也發生很多事啦！我才不管他發生什麼事，我認真想知道，決定問到底：

為何一直不來找我呢？

　　小陳表情認真看著我，然後嘆口氣，跟我說，你要說我鬼扯也好，但以下說的真的是實話。

　　其實小陳一直很想我，但是每當要主動跟我聯絡時，就會夢到四個瘋女人。四個瘋女人一直說他好帥，其中一個裸體誘惑他，同時警告他，不准來找我，否則要給他好看。另一個不停的批評我，說我三八又愚蠢，配不上他。而且還說這蠢貨快要結婚了，不要打擾人家。另一個每天一直跟他說他好帥，要不要來做愛，內射也不會懷孕喔。

　　最後一個則是每天在夢中一直跟他吃東西聊天，還常請他吃麻辣鍋、焗烤田螺，甚至是棉花糖口味的披薩，還會身穿性感內衣挑逗他。小陳說有幾次還更誇張，四個女的直接在夢中裸體玩按摩棒給他看，還問說性感不性感，要不要一起來玩。

　　我聽了臉頰發燙，非常憤怒，也非常悲傷。這四個我以為是好姊妹的賤女人，實際上卻是來破壞我幸福的

人！！我忍住哭泣，摸著自己的大肚子，看著窗外奔馳的景色。

　　再過 20 分鐘就要下車了，我以孕婦犯睏為由，輕靠在前男友的肩膀上，我逼自己不要真的不小心睡著了，因為我知道，這將會是我餘生中最珍惜的怦然心動少女時光。

Robbie 的創作靈感

　　這篇故事經過網紅「我是小王」的分享後，當天被網友們瘋狂轉發，我心裡非常興奮，也有些驚嚇，當然也有些飄飄然，第一次有點名氣的感覺像做夢一樣。（後來發現我和我是小王是同一天生日，難怪跟我一樣水準。）

　　這篇的初始靈感來自我看過的一部漫畫，兩個舊情人在等火車時相遇，一下開心也一下感傷的話當年。因為我一直很喜歡那種無法跟難忘的情人舊情復燃的淡淡的哀傷情節，所以想出了這一篇。真不好意思，也不知道為什麼，那一種淡淡哀傷的美好情節被搞歪了。

當中四個女鬼的色情橋段其實已經收斂很多了，本來我還想安排其中一個女鬼玩按摩棒玩到沒電，然後就叫小陳充當充電電池幫她充電，情節會更露骨。

　　這篇紅了之後，我貼給我爸看。我爸看完之後，皺眉頭說要內容沒內容，要文采沒文采，不懂為何可以紅。

　　哈哈哈，我爸讓我好難堪。

詐騙

　　我在詐騙集團底下工作，位於七期豪宅裡面。每個人都配有一臺電話，要打去給名單上的人（多數是男性）跟他們說好久不見啊，我是小香啊，你還記得我嗎，然後對方若正中下懷，就狂聊天，最後就開口借錢。說真的，直接掛電話的人居多。

　　有一天我打去，是一個中年伯伯接電話，名單上他的名字是叫家謙。

　　「家謙，我是香香啦，你還記得我嗎？」

　　「香香……聲音好熟悉……是三年前在霧峰見面的女孩嗎？」

　　「對呀對呀，怎麼那麼久不跟我聯絡，不過也是我自己換電話啦！不好意思捏～」

「啊當時不是一起做了那件事，就說不要聯絡了，怕警察監聽？」

這時我突然覺得奇怪，但我又好奇捨不得掛。不過我當然不會笨到直接問說做了什麼事啊。

「對啊對啊，所以我過這麼久才跟你聯絡啊，你好嗎？」

「還好啦，除了那六個常常會來夢裡找我。妳有夢過他們嗎？」

「嗄……沒有耶，哈哈，唉唷，說這些。」

「我問妳喔，那時候妳把那六個埋在哪裡啊？」

埋？換我遇到瘋子了嗎？正想要掛電話時，他忽然口氣一轉，變得很兇狠：

「妳不要掛電話，我在問妳，我們殺了那六個，妳說妳要埋在六個不同的地方。是哪裡，跟我說一下。」

我決定我要掛電話了。但是……掛電話的那個彈簧按鈕怎麼突然不見了？！這他媽的要怎麼掛電話！！！

「妳不要掛我電話，妳要多少錢我這裡都有，那時候不是說好妳幫我棄屍，我會把 600 萬匯給妳。結果妳

就消失了。我今天可以匯給妳，但妳要跟我說地點是哪裡啊。」果然有錢能使鬼推磨，我一聽到有 600 萬就忘記彈簧了，但又怕他是來亂的。

「不然妳現在給我帳號，我匯 3 萬過去，若妳收到了，就知道我沒問題。妳跟我說六個棄屍地點，我今天下午三點前就匯餘款給妳。」他說他會繼續在電話上等我確認。看起來他是認真的。

就給他匯看看啊，反正我隨便講個北中南六個地點，他一天之內也無法馬上挖出來。若他真的是來亂的，至少我也拿得到 3 萬。若是真的，是 600 萬耶！！我馬上給他人頭帳戶，五分鐘後錢竟然就匯進來，我們的車手也成功領到錢了。

「家謙，我收到 3 萬了啦！我告訴你藏屍地點，我講了，你真的等一下就會匯給我剩下的錢吼！」

「對，下午三點左右，最慢明天下午三點。沒有收到，妳再打過來。」

「家謙，不行啦，我現在很急需，我跟你說，你待

會就要匯。」

「不然先匯 300 萬給妳，明天再給妳剩下的。我晚上要去看其中一個地點是否有屍體。」

我心想，哇，也是機靈，那也沒關係。很好，先賺 300 萬啊。

「好，那就先給 300 萬喔。你聽好了，因為事隔有點久了，所以地點我也不能完全確定，我只能跟你說大概喔。畢竟藏屍的地方本來就是越隱密越好。一個是臺中和平鄉 ×× 村的……一個是彰化縣永靖鄉……一個是……」我隨口掰了六個地點。

講完之後，對方就掛我電話了。幹哩。我再打電話過去，就關機了。

嘖，算了，至少賺了三萬元。

隔天在睡夢中，突然聽到門被撞開，一群警察衝進來要我們趴下。我們嚇到了，怎麼突然會被發現？機房要被抄了嗎？

沒有，警察目的並不是要查我們的機房，雖然也算

是一石二鳥，但是我的身分卻被查了出來，不知道如何洩漏出去的，畢竟香香不是本名。警察說是在查謀殺共犯，然後直接播放錄音，內容是我在電話中一一道出的那六個棄屍地點。

他們真的發現了六具屍體。屍體看起來已經死了好一陣子，全是失蹤人口。而且全是虐殺，骨頭都還有刀傷。其中幾具屍體有大量砍過的痕跡，看起來死前受到極大的痛苦。

我完全在狀況外，但更令我驚恐的是，骨頭上面的指紋經比對，跟我的竟然完全符合。我百口莫辯，即便我如何辯解說真的不是我做的，我真的什麼都不知道，警方也不相信。

最後我被判無期徒刑。我跟辦案的警察哭訴說真的不是我幹的，警察說都已經判刑下來了，重要的不是誰幹的，而是終於可以結案了。

Robbie 的創作靈感

非常討厭詐騙的人。

我被騙過三萬元，被騙的那幾天，每天為了入睡，我都幻想我抓到詐騙犯，然後把他的手指一根一根切下來凌虐，才心滿意足睡著覺。更可惡的是，最後警察抓到那個犯人了，我要對他求民事索賠，結果我父母竟然阻止我。

父母說，你告他民事，家裡的電話地址都會被知道，家裡會暴露在危險之中。我不相信這麼誇張，隔天打去法院問，法院人員跟我說，我們的住址一定會曝光。我反問，那如果他們報復怎麼辦，驚人的是，法院竟然回我說，那就再報警，警方會處理。

當下我覺得很失望無助，決定不告民事賠償了。騙走我三萬元的懲罰竟然只是坐牢一個月，或者僅僅賠償三萬元給國家，超傻眼，罪責有夠輕，難怪詐騙犯這麼多。

　　對我而言，詐騙集團的罪孽絕不輸給殺人犯。我認為有時候殺人犯是衝動，是一念之間。可是詐騙不是，詐騙是持續性且惡意的犯法，騙走人家一輩子的心血，對我而言跟殺人犯一樣可惡，應該重判。好的，這就是靈異創作者的好處，這篇就是讓我拿來宣洩我對詐騙犯的氣。

不要讓父母擔心

　　小時候我住在臺中北區的眷村。爸爸是一個管教很嚴格的榮民，媽媽相對起來溫和許多。隔壁住著一個獨居的老奶奶。你說她和藹可親嗎？倒也不至於。我也看過她尖酸刻薄的一面。但是在那個動輒被父母打罵的年代，每次老奶奶看到我一個人在門口哭或者罰站，她都會邀我進去她家喝飲料。

　　我喝過老奶奶泡的紅茶、決明子，以及青草茶。我一邊喝，她坐在搖椅上一邊搖一邊念，要我乖乖聽父母的話，不要讓父母擔心。該怎麼說呢，老奶奶對我很好，但不大會安慰人，可是當我不開心時，她終究是我身旁的慰藉。

我上國小四年級不久後她就往生了，遠方的親屬處理完喪事之後，她住的地方就空了下來。奇怪的是，偶爾半夜她家會發出聲響。最常出現的是大約 11 點後開電視的聲音，而且還聽得到轉臺。不知道是不是因為電視沒辦法正常收看，就會出現很大聲的「沙～沙～沙～」。而我說的轉臺，就是沙沙沙聲突然消失，然後又持續沙沙沙。這應該就是在轉臺吧。

有一次我躡手躡腳走出家門，往老奶奶家看過去，想要一探究竟。確實親眼看到全黑的屋內，只有電視是亮的，顯示沒有訊號的畫面，但完全沒有看到人影。正當我疑惑與好奇，想要進一步往前看時，我爸拍了我肩膀，把我嚇了一大跳。我爸對我比一個「噓」的動作，示意要我趕快進家門，不要再偷看了。總之，後來整個鄰里都知道老奶奶半夜會看電視，大家都有些害怕。

上了國中我進入叛逆期。有次跟爸媽衝撞後，我跑出家門，然後到處晃悠就是不想回家。然而外面下著大雨，於是我決定偷偷潛入老奶奶的家躲雨。

可能因為許久沒人進來，空氣也彷彿停滯在多年前，雖然外頭下著雨，但室內顯得沉悶不透氣。我躺在木板床上發呆，聽著雨聲，一邊心裡盤算著耗上幾個小時再回家才不會丟臉。

突然，電視一閃，打開了，發出很大聲的「沙～沙～沙～」。我有點害怕，起身往客廳看。那位老奶奶依舊坐在搖椅上，電視的光線照著她。她轉頭看著我，手舉起來揮了揮，示意要我過去。

大概是因為跟爸媽吵架後，特別懷念老奶奶的安慰，所以我起身走過去，像過去一樣坐在地上，看著她，一點也不害怕。

老奶奶不知道從哪裡生出了一杯飲料，遞給我，用懷念的語氣跟我說：喝完氣消了就回家吧，不要讓父母擔心。雖然手不自覺地接過飲料，但當下其實我愣住了，畢竟她死去這麼久，到底要如何生出紅茶？死人給的飲料，真的該喝嗎？但轉念又想，她都可以看不插電電視了，為什麼不能煮空氣紅茶？

我喝了一口空氣紅茶，竟然真的是懷念中的紅茶味！我咕嚕咕嚕喝完後，一陣感動就抱住老奶奶，頭枕躺在她的大腿上，眼淚不自覺的流出來。老奶奶還是看著沒有訊號的電視，手輕輕的撫摸我的頭。聽著外頭的雨聲和電視沙沙聲，我在滿心溫暖中，緩緩睡去……

　　睜開眼後我躺在醫院，父母憂傷地看著我，心疼地一直問我為什麼要做傻事。我心裡疑惑想要開口，發現無法出聲，咽喉裡有一種灼熱感，這個灼熱感從食道至胃都能感受到。

　　後來我才知道我喝的是農藥，根本不是紅茶。20年過去了，至今我還是只能以流質飲食。抱歉讓父母更擔心了。

Robbie 的創作靈感

　　這篇故事的靈感來自我朋友的真實經驗。

　　我的朋友俊成以前住在眷村，隔壁住著一個老奶奶，每次他被爸爸打罵的時候，都會躲去奶奶家，奶奶就會泡紅茶給他喝，然後喝完叫他趕快回家，不要讓父母擔心。

　　後來老奶奶死了，大家都確定那邊沒有住人，可是一到晚上，電視都會自動打開，跟以前老奶奶的習慣一樣，固定在那個時間坐在搖椅上看電視。

　　有次俊成探頭偷看，真的看見電視螢幕亮起來，正感到背後一陣涼意時，結果是被他爸爸拍一下肩

膀，示意「噓」了一聲，要他趕快進家門。

　　還不止這樣，後來俊成父母失和，他媽媽搬出去住，但是偶爾想要看一下自己兒子的生活狀況，有沒有被家暴之類的，所以他媽媽會潛入老奶奶家過夜（為何她有鑰匙，我就不知道了），某一次睡覺就被鬼壓床，並且夢到老奶奶惡狠狠的瞪他媽，要她滾，這不是她家。

記憶中的熱狗

　　五專時選修一門刑法課，一天老師安排我們去高等法院看一場判決。我們看的那一場是殺人犯的判刑。我看到被告背對我們，雙手一直發抖。而被害者一席，則是講得振振有辭，說自己有多恨就有多恨。

　　因為回程的車子要開了，因此沒看完整場判決我們就離席了。回程路上我坐在老師旁邊，跟他談論我的感覺。我跟老師說，我突然同情起殺人犯，看他抖抖抖的樣子覺得心疼，這是正常的嗎？

　　老師說我看太少了當然會這樣。若常看這種法庭場合，被告在地上打滾並喊說人真的不是他殺的的景象，也不少見。看多了就會麻痺了。

這個參觀經驗給我帶來很深很深的感觸。畢竟當年我才 17 歲左右，所以對於事情的判斷都是好跟壞二分法，殺人犯是壞人、被殺的人是好人。我的理性知道我要同情被害人及其家屬，以及厭惡那位即將要被審判的殺人犯，但是我的感性並非如此，我看著那位殺人犯的背影，卻默默產生出了憐憫。

　　這件事情使我看待人生有不同的啟發，思考模式也跟著改變，變得更多面。我知道一件事情不是只有二分法之外，每當我與人爭論事情時，或者是電視報導出現糾紛、看到各自雙方出來喊冤，我不再是那位只看結果論來認定誰錯誰對的人。

　　不要誤會，我並不是說當年那位殺人犯很可憐。我的意思是，我本來以為我會對那位被審判的殺人犯感到厭惡跟恐懼，但是現場我的心理反應並非如此，而是意外發現真實殺人犯呈現在我眼前的，並非八點檔、電影以及通俗漫畫裡描繪的可怕貌，而是崩潰大哭或者全身發抖，我們的感受和觀感也是會因此變來變去的。

那場法庭經驗後又過了 20 年，我已經是三十好幾的人了。

某天半夜起床去樓下喝水，看到黑暗中有一個女人坐在沙發上，我倒抽一口氣，嚇到連尖叫都辦不到。我終於體會看到鬼的真實反應是什麼。

慢慢地，我情緒穩定下來，透過樓梯的燈光，我看得出這個鬼的輪廓，應該是個肉肉胖胖的中年婦女。中年婦女微笑跟我打招呼，我問她是誰，她說我不記得她了，以前國小運動會請我吃過熱狗，問我還記得嗎？

等等，我只是睡到一半下樓喝水，昏昏沉沉的腦袋突然一下資訊量這麼多，完全無法思考，何況是小時候的回憶……

正當我這樣想時，眼前出現了一些景象……喔，對，我想起來了。這應該是國小二年級的事情吧，運動會趣味競賽後，同學媽媽看我中暑，牽著我的手去校門口外的熱狗攤，問我要不要吃熱狗，那時我想吃又不敢承認，就說隨便。然後她就親切地買了熱狗給我吃。其實這溫馨的童年往事，我偶爾還是會想到耶！

想起這個溫馨的童年往事之後，我忽然就沒有恐怖的感覺了，開心地說我記得這件事，那個熱狗的味道都還記得。她的輪廓外型跟那時記憶中的是一樣的，但我真的不善於記憶長相，真是不好意思啊。但是，阿姨為什麼會出現在我家啊？

　　阿姨說，她已經過世了，現在地府那邊正在清點一些資料，問我是否願意原諒她，願意的話，麻煩在前面這張紙上簽名。

　　原諒？阿姨做錯了什麼要我原諒？我很感謝她請我吃熱狗呀！這時候又有別的畫面閃現，我記起來……後來她牽著我的手要帶我去其它地方，但剛好遇到安親班的老師，她跟老師說我爸媽請她幫忙帶我回家，但安親班老師說不可能，我爸媽今天沒有幫我請假，於是直接把我帶走。

　　阿姨支支吾吾，現在我差不多猜出當時發生什麼事情了……這麼多年記憶中的熱狗，原來一點都不溫馨。

我問阿姨，所以她那時候把我帶走，打算要做什麼？向我父母要錢嗎？阿姨尷尬得不知道要怎麼回答。

　　這時阿姨旁邊慢慢浮現一個長得很恐怖的人，又高又大，臉上滿是疤痕，穿著古代的衣服，白色長袍，頭上也戴著一個類似古裝劇的帽子，身高比正常人類高出很多，應該有破兩百公分，且面容慘白，表情猙獰，看起來像地獄的官吏。

　　祂一巴掌直接往阿姨的頭打下去，之後又抓起阿姨的頭髮撞我家的牆。砰砰砰，撞到阿姨頭破血流，鼻子也狂流血，眼淚狂流。

　　揍完之後，官吏跟我說，她啊，當年本來要向你父母勒贖，但是也沒有真的打算把你還回去，想要把你殺了，都計畫好了，只是你遇到熟人，幸運被帶走，否則你怎麼可以活到現在。

　　這個女人，因為犯下其它事件，也罪大惡極，可是礙於個資保護，我們不能跟你說她做過什麼事情。你的事情沒有真的發生，而且你是唯一活下來的倖存者，所

以現在來祈求你原諒。若你原諒，她的懲罰比較輕，然後等她其它罪狀都還完了，就可以投胎。但若你選擇不原諒，她將會在地獄受罰 20 年，然後靈魂被打到魂飛魄散，永世不得超生。

　　阿姨在旁邊一直哭，因為身體遍體鱗傷，一直跟我磕頭道歉，磕頭的過程整個面容都是血，要我原諒她，說真的很不好意思，那時鬼迷心竅 blablabla，她磕頭的同時，官吏還用腳丫踩著她的頭凌虐，於是我開始於心不忍，心生同情……

　　「OKOK！我簽！我願意原諒她！不要再打了！」

　　我把渾身是傷且滿臉是淚的阿姨扶起來，抱住她，說一切都沒事了。我跟她說我那時這麼可愛，我相信安親班老師沒出現，妳最後一定也會放過我的。我們相擁在一起，官吏收到了我的原諒書之後，就扯著她的頭髮消失在我家。

　　隔天我跟我父母提及此事，他們都覺得很不可思議。但聽到我最後簽了原諒書之後，紛紛搖頭說不可理

解，不可原諒。

媽媽跟我說，當年我們學校至少四個小孩子失蹤，最後發現都是虐殺致死，屍體慘不忍睹。那都是那些父母一輩子的傷痛，有一個就是誰誰誰，跟我們家有親戚關係，小時候還跟你一起玩過，他媽媽最後還憂鬱症自殺耶，根本搞得好幾家家破人亡。

這時我一歲大的兒子突然放聲大哭，我趕緊抱起來哄。看他那可愛的樣子，突然我意識到自己做了最偽善的錯誤決定。

原本以為事情就這樣結束了。半夜下樓裝水時，竟然又再度看到那位婦人跟凶神惡煞的官吏。官吏說，他們發現我的想法改變了，想要再確定一次是否要改變決定，說什麼七日內都可以無條件修改。

阿姨崩潰大哭，再度磕頭道歉，比上次更激動。用爬的衝過來抓住我的腳，一直說從小就知道我很可愛善良，她知道錯了，也確實什麼事都沒發生不是嗎？官吏一聽，用腳踹了阿姨，把她頭都踢歪了，我看見她全身

是傷……

　　但這一次我的決定改變了，我選擇了不原諒，她必須接受嚴懲與魂飛魄散。我這樣做，是為了使那些被害者與被害者家屬被凌虐的心靈有些慰藉吧。

　　不過同時，我並沒有因此感到開心或者療癒，因為我現在無時無刻會想起，當我決定翻盤時，那位已經被打歪頭的阿姨，抬頭用著絕望的驚恐表情看著我。每當想起那張臉，還是會心裡悶悶的。

　　不久後我帶我的孩子與侄子逛夜市，他們買了熱狗，也讓我吃了一口。熱狗皮的酥脆口感加上番茄醬甜甜鹹鹹的滋味，好吃啊，童年的回憶，我的眼淚不禁流了出來。

Robbie 的創作靈感

　　這篇故事改了很多次，但初衷未變。我國小運動會的趣味競賽後，真的有一個阿姨牽著我的手帶我走出校園，問我要不要吃熱狗，我說隨便，然後她就買給我吃，但吃完之後我沒跟她走。

　　我完全不知道她到底是誰，也想不起她的模樣。當下她跟我說過她是誰的媽媽，但現在想起來卻很疑惑：為何她不牽她孩子的手，而是牽我的手呢？

　　直到現在，每當我看到熱狗攤，我都還會想起當年這位熱狗媽媽。不知道這位媽媽真的只是看我可愛，想對我好，還是別有意圖？我真的不敢想，好險我平安長大。

不過在這篇故事裡，我就讓熱狗媽媽真的當上了罪犯。這篇無意討論死刑正當與否，單純只是一個童年回憶的改編創作。

初稿中我讓主角最後還是選擇原諒，並且在結尾安排主角長大之後成為法官，想藉此影射恐龍法官。不過後來我選擇改變故事結尾，改成主角不原諒那位阿姨。

這樣的改變，是想讓溫馨童年變調的五味雜陳感覺，變得更強烈一點。

讓我在這一面久一點

　　小時候看過日本真實恐怖鬼故事漫畫中的毛骨悚然撞鬼經驗中，很多則都提到一些病床特別容易死人，所以醫院稱之為「死床」。

　　長大後，問過當護理師的朋友是否真的有死床。她說不大可能，一來，床是可以移動到其它地方的，來來去去各室使用，很難說出哪張床真的死特別多人。不過，她倒是提到當一張病床有人死在上頭後，醫院裡會把床墊翻過來繼續使用的習慣。

　　前幾年因為騎車摔倒，後照鏡破掉，我的膝蓋插入一堆玻璃碎片，因此縫了好幾針。術後安排住院 3 天，我有買保險，所以就加價一點點，住進了單人房。

第一天女友買吃的過來，我就躺在床上，按按鈕讓床從平躺變成起身。床在慢慢垂直的過程中，不知道是否老舊的關係，我聽到一種骨頭嘎嘎嘎的聲音，也或者是《咒怨》伽椰子喉嚨發出的那種聲音。

因為女友在，而且那時是白天，聽到這種怪聲會覺得好笑。但若晚上聽到，感受肯定會不同。我從吃完午餐後睡午覺，醒來坐起來看電視，前前後後垂直了床好幾次。每次這種不舒服的嘎嘎嘎聲都會出現，而且越來越大聲，開始讓人有點惱怒。

時間過得很快，到了晚上就寢時間。我慢慢把床平躺下來，喬好舒服的睡姿，接著等待女友的晚安親親時，她突然尖叫一聲，而我也嚇得抖了一下。

女友指著窗戶，窗戶一片漆黑，倒映著房間的我們……然後，還有別人。

我看見我旁邊躺著一個人。是個老人，瘦瘦小小，透過玻璃倒映下感覺臉色偏黃，皺著眉頭躺在床上，一副很難受的樣子。

我眼睛瞪大，轉回頭看我女友，彼此面面相覷。

我再轉頭看著玻璃。這時我想起死床的傳聞，當下很害怕，很想下床跟女友擠在沙發床上。

但因為我現在行動不方便，也無法跳起來拔腿就跑，於是我再次試著把床豎直起來，豎到完整 90 度垂直。當床慢慢豎起來時，我再次聽到嘎嘎嘎的骨頭碎裂聲，這次還加上喉頭發出來的痛苦呻吟聲。

我看著玻璃，那位老爺爺還是閉著眼睛皺著眉頭，但也隨著床垂直而坐起來，表情漸漸舒展開來。

然而，這下竟然從玻璃看到床的另外一面也躺了一個人！是一個老奶奶，也是很瘦，滿臉皺紋，滿滿白髮。眼睛完全白色，很痛苦的表情。

這一個床墊，一面我和老爺爺躺，另外一面則有一個老奶奶躺，也太擠了吧！

或許她是靈體的關係，我們背對背貼著，她就卡在床架（框）裡面重疊。每當我把床豎起來，我們這面的人是舒服的坐起來，但那一面的人則是做出違反人體工學，整個腰往後彎，所以發出嘎嘎嘎的骨頭碎裂聲。

醫院的床不只是可以坐起來，連腳都可以抬高高

的，只是如果我調整讓腳抬高，後面的阿嬤腿就被迫往後折。我從玻璃反射看到她做出這些詭異的動作，又緊貼著床，一副很不舒服的樣子。

她轉頭看著玻璃映射的我，張開嘴巴發出啊啊啊啊的聲音，臉上充滿厭惡的神情，恨不得我趕快去死，讓床可以再度翻面。當我嚇得不顧一切，決定跳離開這張床的時候，我的右手被一隻枯瘦的手用力抓住。我轉身一看，竟然是與我同床一直閉眼的老爺爺，張開眼睛緊張地對我說：

「別害怕，我不會讓你出事的。我才剛翻正面，讓我在這一面久一點！」

Robbie 的創作靈感

　　〈讓我在這一面久一點〉是我近期最滿意的作品，自己覺得很得意，是我少數用都市傳說來作創作靈感的極短篇。

　　傳言醫院有人死了，會把床翻面，所以這篇故事就是想來「坐實」這個都市傳說，故事主角真的看到醫院的床正反面都有人躺著。醫院病床可以豎直彎下平躺，各種姿勢，使床下面的靈體，被迫做出各種不符合人體工學的動作，最後又變成正反面幽魂的翻面角力。

　　很開心當時貼在媽佛版上時，看到許多讀者的反應是好難過，看到死後的老奶奶老爺爺還要這樣受苦。我很喜歡讀者看了我的作品有超出我預期的想法，那種不同的感想會讓我很開心。

地上的紅包

　　某日走在路上，口袋中的手機突然震動，於是停下來看了一下訊息通知，看完收回口袋向前走時，一旁的路人跟我說我的紅包掉在地上。我看了一下，啊，之前參加喜宴的備份紅包袋竟然掉在地上，順手撿起來才發現不是我掉的。

　　因為裡面還有其它詭異的東西。除了現金 3,600 元之外，還有一個女生的大頭照。當下嚇到，心想這該不會就是傳說中的冥婚？

　　當晚睡覺睡到一半被癢醒，張開眼睛，看見一個長髮女子站在床邊彎腰看著熟睡的我。髮絲不斷碰觸我的臉，原來我是被女鬼的頭髮癢到驚醒！

我嚇得尖叫一聲，她緩緩站起身來，臉色非常慘白，瓜子臉，跟我說她叫小白，是我未來的妻子，因為我撿到她的紅包，所以註定要跟我結婚。

　　我說我不要啊，妳誰啊，都什麼年代了？現在都盛行不婚不生主義，她幹嘛一定要結婚？她說她生前也是不婚主義，可是死後發現若不找個人嫁，她的魂魄將在人世間孤單漂流，甚至被壞鬼糟蹋，難道撿到紅包的我不能給她個歸宿嗎？說著說著，小白就梨花帶淚，哭得稀里嘩啦了。

　　我只好換個比較溫柔的口氣，勸她把靈魂放在自家神明廳的神主牌位呀！這樣也算是有一個歸宿。她回說，道教的禮俗是未嫁的女性不能在自家立牌位，所以自古才有冥婚的習俗，讓早死的年輕女性有歸宿。

　　這真的太荒謬了！都民國哪一年了！怎麼還這麼食古不化！於是我問她，她想回家嗎？她說她當然想，但她的父母親思想傳統……看她哭得這麼傷心，我決定答應幫她說服她父母。

　　隔天我找上他們家，父母看見我很開心，說她女兒

有眼光，挑上一個年紀相當、外表斯文體格不錯、相貌堂堂，感覺就很老實的好青年。

　　喔喔喔，再多說一點，聽得有點開心。但我當然沒有被收買，馬上板起臉，試著說服他們讓小白回到家裡立神主牌。再怎樣都是親生的孩子，都流著一樣的血，為什麼男生可以，女生卻不行？現在不講求重男輕女了，講得我口沫橫飛。

　　但她父母堅持說這違反禮俗，無法做到，會被祖先譴責的。

　　這時客廳的燈忽明忽暗，大家都嚇到了。不久之後，小白現身在客廳，好在她父母沒有在怕的，雖然遵循傳統，但愛女之心溢於言表，小白與父母相擁而泣。

　　小白不斷說想回自己家，想跟父母在一起。然而她父母還是堅持說，這樣違反道德跟宗教觀念，真的沒辦法讓她回家。倒是年紀尚小的弟弟看到自己姊姊變成鬼，嚇得躲回房間。一時間父母也覺得很為難，心疼女兒，但又很想趕快去安撫弟弟。

眼看僵局未解，小白哭得更慘，覺得自己在這個世界沒有容身之處。我不要她，連父母都不要她，覺得自己深深地被遺棄了，於是跪在地上崩潰痛哭，場面哀戚。

　　看到這一幕，我一股男性賀爾蒙湧上來，忍不住拍桌說，好，我把小白帶走，你們不照顧自己女兒，我來照顧！！！

　　當晚小白就跟我回家，躺在我胸膛哭泣，夢中我們激烈擁吻跟性愛。射完之後我甚至覺得這實在太好了，鬼沒有重量，躺我胸膛或手臂上一整夜，我也不會手臂痠痛，射完聖人模式開啟，她也不會騷擾我，這樣好像也不錯。

　　隔天一早，我被電鈴聲吵醒。是小白的父母親。一進門就哭著說抱歉，是他們太保守了，後來他們想一想，覺得時代在改變，於是他們應該也要跟著改變，決定要把小白請回家，立一個牌位給她專屬的位置棲身。

　　身為父母雖不能燒香祭拜她，但可以幫她換水，跟她說話，拜拜的事情會請她的弟弟來做。小白看著也感

動落淚，她抱著我，問我等立了牌位之後，可否再來找我續舊情。我說可以，隨時歡迎。

不過從那天起，小白不曾再出現我的夢跟生活中。

我時常想起她，想起這一段特殊的經歷。不知道她現在過得好嗎？弟弟每天幫她換水嗎？父母常常跟她說說話嗎？她想我嗎？想要去探視，卻又覺得自己立場不大適合。

後來有天買菜遇到她弟弟，詢問才知道他姊姊自從立了牌位，知道不用冥婚之後，靈感大開，晚上到處找天菜男人過夜。還跟他說我是她的貴人，扭轉了她的鬼生，希望我會找到比她更好的對象。

Robbie 的創作靈感

這篇的創作來源就來自於道教的傳統家庭思維。

未嫁娶的女生死亡了，竟然不能回到自己家的神主牌位，然後要到處找陌生人來冥婚，這究竟是什麼鬼道理？

人世間觀念在改變，科技也不斷進步，難道陰間地府天堂的軟體硬體設備卻沒跟著更新進化？我覺得說不過去。

我自己覺得，道教有很多觀念應該要改掉，例如枉死城跟冥婚就是其一。這些在花樣年華或者意外中死去的人，他們都是受害者，應該要被疼惜，在另一

個世界彌補他們才是，怎麼會是到另一個世界更孤苦伶仃，我無法接受。

我覺得宗教是要讓人安心的，所以應該要調整這些觀念，讓死亡不會這麼恐怖。

另外一方面，我想要表達的並非是男女平權，而是正常的邏輯或者說對生命的基本關懷，任何人死後，都可以回到自己家的神主牌位，然後結婚也不應該變成必須準則。

過去就是有這樣傳統家庭思維，女生為了死後有人拜，所以硬要跟一個自己不愛的頭家綑綁在一起，真是太委屈了。

整理

    大約 5 歲時，爸爸帶我去朋友家拜訪，叔叔要他女兒帶我去樓上玩玩具。我跟他女兒上去之後，那個大約也 5 歲的小女生跟我說，我可以跟她一起玩玩具，但是一定要陪她收拾。已經好多次其他小孩來玩，最後卻都丟下她一個人整理，她覺得很不公平。我說好。

    我們玩玩具玩得很開心，她很可愛，我也很可愛，真是一拍即合，差點忘記時間，忽然聽到爸爸在樓下叫：阿信，走囉～

    我一聽到爸爸叫我，立刻站起來衝下去，深怕爸爸跑掉，與小女生的約定完全拋到腦後。

    事後回想，我在長廊跑下樓的過程中，好像有聽到女孩哭著吼說：不是說好要跟我一起收玩具的嗎？大家

都騙我！嗚嗚～～～

　　事隔多年陪父母聚會，那位叔叔也來了，然後還問我說還記得他的女兒嗎？你跟她玩過玩具啊。

　　在場長輩都笑了出來。我們怎麼可能忘記呢？女孩變得更漂亮了，但我也不差。很快的，我們陷入熱戀。女孩懷孕，接著我們結婚，住在一起。

　　女孩不愛整理，家裡總是弄得亂亂的。我下班很累，看到房子這樣亂不免會不開心。這時候她就會甜甜的笑說，我那時不幫她整理玩具，現在是利息，多整理一下是公平的。

　　一開始看到她的甜笑，我都會心軟，也當作是賠罪的玩笑話，只會唸她一下。但我發現她竟然可以累積一整個禮拜都不收拾，家裡都是一團亂，完全沒有要動手整理的跡象。

　　看見地上亂丟的玩具，我忍不住罵孩子，女孩也會立刻會跳出來護航，說我當年也不整理玩具，憑什麼要自己的小孩整理玩具。

接著她變得越來越偏執。

衣服亂丟、玩具亂丟、垃圾亂丟，搞得家裡超級亂！每次要她整理，她都會回說：這是我當年不幫她整理玩具的報應。

最後我被搞得歇斯底里，崩潰大叫，等我回過神時，發現女孩倒在沾滿血的玩具中。

我開始支解女孩，把女孩拖到浴室處理，轉頭去廚房找工具時，看見兒子站在門外。我臉一沉，要他趕快去睡覺，明天要上課。兒子說：

「媽媽說，記得把她的身體收拾乾淨，這是爸爸當年不幫媽媽整理玩具的報應。」

我全身起雞皮疙瘩，看了浴室一下，發現剛剛摘下的器官肢體不知道跑去哪裡了，只剩一隻姆指在浴室。肯定是亂丟在家裡各處，我得好好整理整理了。

Robbie 的創作靈感

　　這篇故事來自於兩個靈感，都是真實經歷。

　　第一，小時候我真的有個玩伴。是爸爸的同事的小孩，渣男我當年也是一聽到爸爸喊說要回家，就丟下妹妹跑下來。那個妹妹就大吼說：不是要幫她整理玩具嗎？

　　事後我回想到自己下的承諾，還真的有點虧欠。

　　而且她們家的長廊晚上沒開燈，所以跑的過程中還真有點陰森，印象牆壁是那種木板隔間，跑撞起來會喀吱喀吱發出怪聲，怪可怕的。說不定就是因為對長廊的恐懼，所以讓我頭也不回地落跑。

另外一個靈感來自於有天我在找貨出貨時發生的怪事。

　　當時我正要找某一個商品的 XL 號，可是我手上的剩下 XXL 號，我很緊張，東翻西找，就是找不到 XL 號，最後索性丟著，先去跟朋友聚餐。

　　結果晚點回家之後，丟在桌上的 XXL 號竟然變成 XL 號了！！！

　　我不知道是真的有頑皮鬼存在，還是當時太緊張所以大腦出了怎樣的問題導致看錯，現在想起來還是覺得不可思議呢！

人
比鬼可怕

海裡痛苦的靈魂

　　我年輕時碰過某位主管很討人厭，一個三十出頭的皇親國戚，什麼都不會，坐領乾薪，處處找我麻煩。好在發生一些事故他死了。

　　據說他生前喜歡衝浪，於是他的家人決定幫他舉行海葬。你懂的，皇親國戚嘛，身為屬下的我們自然也要出席葬禮儀式，而且還要全程參與喔，也就是一路跟到海邊，這樣董事長對我們的觀感才會大大加分。

　　道士在岬角上念了許久的經，然後把討人厭主管的骨灰撒向大海，讓他回到他最愛的大海。

　　當晚回家我做了一個夢。我夢到主管從岬角被推了下去，落入海底，然後一群魚啃食他的身體。夢中

的他非常痛苦，掙扎嘶吼著。我不敢跟別人提起這件事情，畢竟死者為大，應該多說好話，例如到了什麼極樂世界、或是他在海中快樂徜徉，總不好說人家死後多悽慘。當然我認為這是因為我對他有偏見，所以日有所思，夜有所夢。

過了幾天，我又夢到討人厭主管。我夢見他再次從岬角被推了下去，落入海底，但這次他變成一條魚，而且在夢中我還意識到這條魚，竟然就是上次啃食他身體的其中一條。

這條魚落入海中不久後就被另一條魚攻擊。我看到魚在掙扎，發出了痛苦的哀嚎呻吟聲。我竟然還能辨識出那是討人厭主管的聲音。老實說第一次聽到討人厭主管痛苦的聲音時，多少有點痛快。但第二次聽到，就開始讓人不捨，那應該真的很痛很痛吧。

接下來連著好幾天，我都夢到他變成了吃掉他的魚，然後這條魚又被另一條魚吃掉，這條魚那條魚這條魚那條魚……不斷循環吃與被吃，不斷地痛苦慘烈，不斷地哀號大哭，然後漸漸變成絕望的啜泣。

因為太重複也太真實，我覺得這應該不只是幻想了吧。我猜測當討人厭主管的骨灰撒向大海時，或許是道士念經時哪一個環節出錯，或者哪裡做錯儀式，又或者這就是死後世界的某種狀態。

總之他的骨灰與他的靈魂沒有徹底分離，所以當他的骨灰撒向大海時，吃了他骨灰的魚也同時吃下他的靈魂，於是討人厭主管與魚共享了意識，然後又像魚吃魚食物鏈一樣，每一條「骨灰累積」的魚都承繼了討人厭主管的靈魂。

如此一來，或許直到擁有主管靈魂的魚徹底死掉之前逃過被活生生吃掉，才可以終結這場身體被撕咬啃食的痛苦惡夢？即便我曾經如此討厭他，但夜夜夢見他發出如此痛苦的聲音，也會起憐憫心，開始希望他能有日離苦得樂啊。

然而茫茫大海，我要如何幫他呢？我怎麼知道他哪一天會變成哪一種魚，而且對我來說每一條魚都長得差不多啊？況且我還不知道要怎麼跟別人訴說，或找人幫忙，大家只會覺得我是瘋子吧。

不過所謂孽緣就是如此。

某日我跟一群高階主管到招待所用餐，意外發現公司招待國外貴賓的菜色中有活魚三吃，吃法就是殘忍的把活魚放在桌上，先割開來吃生魚片，再來熱炒內臟，最後再煮魚湯。

看到這場景我馬上聯想到昨夜的魚吃魚夢。我夢到主管這次化身的魚恰巧被人釣起，還放大特寫鏡頭讓我清楚看見魚的特徵，想當然我也確切聽見主管的尖叫跟嘶吼聲，確認就是他本魚。

就這樣，那條魚是越看越眼熟，忽然產生既視感，與夢裡放大特寫鏡頭的魚的樣貌重疊。我忽然意識到：這不就是我的主管嗎？我那過世兩年的討人厭主管，在海中經歷了不斷被吃的痛苦循環的討人厭主管？

難道如夢中預示，他的海中地獄終於來到結束的一天，在人類的餐桌上，終結惡夢？這樣說的話……是不是只要在活魚上桌時，給他一刀斃命徹底死去的話，討人厭主管就可以徹底解脫被一口一口吃掉痛苦循環了吧？好，我偷偷對魚說：主管呀主管，你只要再忍耐一

下下⋯⋯等下魚一上桌，我一定會搶先來個一擊必殺，讓你死得痛快！

這時，有一個客人提起了我這位主管，說他人不在了，現在可以好好罵一下他，說他有多可惡，還會性騷擾之前同行的女同事，被拒絕還口出惡言，副理見狀也附和，說這個人真的是坐領乾薪，廢物一個。

另一個經理看我一直都不說話，以為我不敢表明立場，就直接對我說他生前就是覬覦我的能力，才處處跟我作對，不然我早就爬到更高的位置了。

聽得我一肚子火，原本的同情心蕩然無存。這時活魚剛好上桌，我激動地站起身擋住所有的筷子，大喊一聲：「你不可以死！！！」說完便抱起桌上的那條魚，把桌上的鹽巴撒向傷口，然後衝出餐廳，隨手搶走一個裝水的鍋子，把魚主管丟在裡面，立刻發動機車衝去海岸，邊飆邊吼著：「你不可以死，你不可以死，你不可以死！！！」

到了岬邊，我抓起那條受傷的魚，咧嘴大笑，笑開到耳角，靠近牠的鰓，用力將一個字一個字吐進去：

你、不、能、死！

接著把魚奮力丟入海中。

那天晚上，我夢到主管絕望得哭吼辱罵我。唉，這次主管真的沒這麼幸運，這麼快被人釣起，或者獲得一個死得痛快的機會早日超生。

現在我已經 85 歲，那可是 60 年前的事情，直到現在，我仍然每幾天就會夢到他，依然在水中循環著吃與被吃的痛苦。

Robbie 的創作靈感

　　我最喜歡的恐怖漫畫家伊藤潤二創作了很多關於海底生物的作品。因為海是如此神秘。我也非常恐懼海底生物，從小就很怕魚類，覺得魚長得很恐怖。

　　我覺得生存在海裡很可怕，永久在海底不得超生，更是可怕至極。當你被吃掉時，你並沒有因此死掉，而是意識留存在新物主的身體。當新物主又被吃了，你又會再嘗到那樣的痛苦。永永遠遠活著並忍受痛苦，想到就覺得很可怕。

靠近捷運的套房

這是小健跟我說的事情。

　　小健父母 20 多年前花了幾十萬在臺中五期買了一個小套房，用很低廉的價格租給了一個胖胖的宅男。租給胖胖宅男 20 多年也回本了，現在遇到捷運站通車，小健家人打算趁這一波把套房賣出拿個好價錢。

　　小健父母很有誠意的跟宅男說要把套房賣掉了，不過可以讓他免費住兩個月，給他個緩衝期慢慢找新租屋處。宅男聽後，苦笑說，原本還以為可以在這間套房住一輩子呢。

　　沒想到一語成讖。兩周後，宅男猝死在套房，心肌梗塞。小健家人看著被摧殘 20 年的套房，決定重新裝

修粉刷，去 Ikea 買新的傢俱，還請人把老舊廁所重新整修，套房變得美美的，準備賣個好價錢。

當天晚上，小健媽媽做了一個夢，夢到那個猝死的宅男對她鞠躬，感謝把房子裝潢得這麼美，讓他可以住得更舒適，很客氣的謝謝房東。小健媽媽嚇醒，心裡五味雜陳，一方面覺得宅男可憐，又覺得討厭：我花錢裝潢可不是要讓你免費住的！

不久後，一個女生買了這個整修後的套房。又過了一個多月，這個女生約小健媽媽見面。女生一見面就單刀直入說，這個房子是不是有問題，從住進去就開始，就覺得有人一直看著她，也時常覺得莫名擁擠，有時候電視還會自己開啟，而且剛好都在少女團體的相關新聞或節目播出時段，那種感覺就好像兩人一起生活。

不過女生要小健媽媽不要擔心，她不是來責備她的。她能感受到那個靈體，應該是男的，而且很溫柔，常常在她睡不著的時候，輕輕幫她按摩，讓她全身好放鬆。也曾經半夜因為經期來疼痛失眠，彎腰側睡時，背

部感到被輕撫著，真的是很溫柔且舒服。

　　還有早上醒來，桌上已經擺好了一杯裝八分滿的水，完全就是暖男。奇怪的是，不僅不會有涼颼颼的感覺，甚至冬天也不覺得冷，感覺有個靈體可以讓她取暖。她覺得一起生活很不錯，但想要更了解這個無形的東西的過去。

　　小健媽媽原先很想否認，但想想這也不是凶宅，好像也沒有必要隱瞞，於是承認有個男生住在這裡 20 多年，人滿好的，前陣子猝死。見女生不排斥，就提起裝潢後夢到這個男生前來答謝呢。

　　這個具有憐憫之心且喜歡半夜被摸的新屋主女生聽到更感動了！怎麼會有這麼棒的男孩子，死了還特地託夢感謝房東裝潢，真的相遇太晚⋯⋯眼眶瞬間泛淚。

　　女生問小健媽媽是否有這個男生的照片，畢竟生前沒能認識這麼優秀的男生實在覺得太可惜，但既然死了，透過看照片，讓這個世界上多一個人記得他，也不是壞事。

　　更何況，窩在家裡的宅男一定不會是壞人，加上他

的貼心指數爆表，若能一睹他的照片，會讓忙碌的她整體感受更美滿，更覺得買屋值得。

小健媽媽說沒有，女生不放棄，繼續追問全名，然後拿起手機直接臉書上搜尋，再請小健媽媽看看搜尋出的眾多帳號裡，有沒有這個男生。

臉書出現很多同名同姓的人，有的是運動員、有的是教授，好像還有一個地下樂團的主唱，女生興奮地一個一個問：是不是教授那一個？是不是運動員那一個？還是這個主唱？

結果都不是，最後滑到一個長滿痘痘的胖男照，小健媽媽唉呦一聲，指著照片連聲說對對對就是他、白白胖胖就是他，是個好孩子好房客。

只見女生突然變臉，一臉嫌棄的拍桌！

「我覺得不堪其擾，住得很不舒服，妳可以把房子買回去嗎？明明就是凶宅還不講，你們真沒道德！」

小健媽媽到現在還反應不過來，本來不是好好的，很感動很喜歡人家的照顧嗎？怎麼看到照片後……？

Robbie 的創作靈感

　　小健是我朋友，1999 年 9 月 21 的大地震，讓無數人的生命變質了，那時他是災民，轉到我們學校。不過我因為地震事件，遇到了人生最好的朋友。

　　數十年後，某次聊天聊到我家附近的一棟很常有人跳樓或上吊大樓，小健家竟然也有買一間，捷運開通後決定要賣掉。

　　這篇的靈感便來自於小健家的賣房經驗。故事的結尾很……醒世，就是想諷刺那些外貌協會一族。

女歌手的首張專輯

大賣場出現了五個水桶。

清潔人員以為是前些日子下雨漏水，所以擺在那裡接水。但放晴好幾天了，水桶還在那裡，而且還開始散發出臭味。

清潔人員走過去查看，嚇了一大跳。五個桶子裡裝的各是雞、狗、貓、鴨、兔子的屍體。清潔人員把這些動物屍體拿起來後，發現五具動物屍體下方都放著一張CD，封面是個長髮女歌手燦爛笑容手比 ya。這是一個不紅的女歌手去年發行的專輯，知道的人不多。

這個詭異的事情上了新聞，媒體記者紛紛前來拍攝，找路人採訪，多數人認為可能是下咒儀式，猜測女歌手與人結怨。這位本來下個月要被唱片公司解約的女

歌手，頓時詢問度大增，旋風召開記者會強調無與人結怨，並痛罵那些傷害動物的人渣。順帶工商，這周日她將舉辦一個小型歌友會。

歌友會臺上出現了雞、狗、貓、鴨、兔子動物死狀的玩偶，樣子非常驚悚，隨著女歌手不怎樣的歌舞藝，在旁邊伴舞走跳。

裝神弄鬼！這不是巧合，是故意！這件事情引起社會關注與謾罵，甚至懷疑根本就是唱片公司跟女歌手為了炒話題而搞出來的鬼。一片撻伐下，沒想到女歌手與唱片公司繼續放送宣傳活動，發布將舉辦一連串的全臺巡迴大型演唱會的消息。

這對只出過一張唱片的新人來說可是創舉呀！那張封面是長髮女歌手燦爛笑容手比 ya 的專輯瞬間熱賣，排行榜已經蟬連 12 周冠軍，而且女歌手保證絕不改版。

全臺巡迴大型演唱會巡迴到一半，開唱前一周，一個女生在家上吊自殺，而那張封面是長髮女歌手燦爛笑容手比 ya 的唱片，就放在懸空的腳的正下方。因為那陣子颱風，加上自殺的女生沒關窗，所以被發現時，身

體就一直搖搖晃晃。

　　那周演唱會開場，舞臺不華麗，但是特地做了一個巨大的上吊女生布偶掛在舞臺上，造型跟自殺的女生自殺時的裝扮是一樣的，然後在舞臺上晃來晃去，演唱時，女歌手還跳上去拉了一下舌頭，當舌頭被拉下時，四周還會出現煙花，全場驚呼鼓掌。

　　女歌手為了紀念這位自殺身亡的女孩，整場演唱幾乎沒有換多少布景，上吊女孩布偶就一直掛在上面整整晃了兩個鐘頭。這件事情引起社會譁然，但是經初步調查，這位女生的自殺死因確實與女歌手無直接關聯，只能說女歌手他們炒話題炒過頭了。

　　前進下一個城市的巡迴演唱會即將到來，前一周城裡有個計程車司機撞到分隔島，死狀悽慘，方向盤旁邊擺放著女歌手的 CD，播放正是其中的歌曲。

　　那場演唱會一揭幕，女歌手站在一個破爛的計程車上，計程車上有位舞者打扮成死掉的司機的悽慘樣子。女歌手就這樣站在計程車上方繞場開唱，一邊跟觀眾揮手致意，現場氣氛很高昂。

接下來巡迴壓軸是女歌手到首都開唱。開唱前一周，首都發生一起分屍案，這個男性被害人的大部分屍體遺失，房裡發現一部分的屍塊，而陰莖跟陰囊，就放在女歌手笑著比 ya 的專輯封面上頭，陰莖剛好放在女歌手燦笑的嘴巴，陰囊則放在比 ya 的手 V 字間，貌似夾著。之前的演唱會場場爆滿，而這場更是黃牛票滿天飛，到處搶購，聽說搖滾區黃牛票要價 15 萬。

　　演唱會這天終於來了，滿滿的觀眾湧入時失望地發現舞臺布景完全沒什麼亮點，沒有血和屍體，沒有陰莖跟陰囊。

　　女歌手展現歌藝，彈吉他，跳舞。最後散場前的感性時間，女歌手聲淚俱下地說希望大家能平安，不要再發生什麼悲傷事件了，然後希望大家能多關注她的聲音跟音樂創作，世界和平，你們說好不好啊！！！

　　全場靜悄悄，只有零星的鼓掌聲，接下來是噓聲四起，有人直接對著舞臺比出中指與倒讚的手勢，有人輕蔑的笑，不斷的搖頭，還有人用雙手舉出叉叉的動作，

表示不贊同。

接下來的 40 場巡演演唱會退票率高達 95%，緊急宣布取消。社交媒體上廣泛傳播的主題標籤 **# 史上最無聊演唱會**。

唱片行直接將這張專輯下架，沒多久二手唱片行擺滿滿，特價 15 元，買三送一。

Robbie 的創作靈感

　　這個故事其實想諷刺大家只是想看好戲的心態。女歌手原本只是紅不起來的新人，但藉由炒作話題，紅極一時，當她決定要秀出自己真正的才華，觀眾卻不買單了。

　　越嗜血大家越愛，導致媒體常常把標題寫得越來越聳動浮誇。

　　這篇故事的水桶開頭靈感來自於我在健身房跑步，外面下大雨，我一邊看著室內五個水桶，滴滴滴接著滴下來的水，一邊跑步，剛好看到打掃人員經過看一下水桶的水就離開了。

看到這一幕我就突然有了畫面，若打掃人員看到水桶裡面是動物屍體會怎樣呢？然後身體跟腦袋也跟著跑，就腦補成這篇故事了。

已故男明星

　　某一位女明星的離去，總讓我悲傷不已，即便都過了將近二十年，想到還是會感到心疼。

　　前幾年我開始使用臉書，才發現不是只有我還想著這位大明星，和一些臉友交流後，加入了不少懷念她的臉書社團和粉絲團。

　　由於加入這位已故女明星的眾多社團後，臉書開始推薦我加入類似的其它已故明星社團，好奇心使然，我就加入了另一個看起來頗活躍，一天有好幾則貼文的已故男明星社團。

　　加入後沒多久，我就後悔想退出了。因為懷念女明星的社團中的貼文，大多數是歌曲分享，雖然偶爾會帶有一些悲傷情緒的緬懷文字內容，但口氣都還算溫和。

但那個男明星社團中的貼文內容卻極度護主心切，常常酸說線上哪個藝人唱得沒他好，無法跟他比，或者哪個男明星根本沒他帥，怎麼還能活在舞臺上之類的。天天看到自嗨文洗版，多到讓我有點傻眼。

「天啊，為什麼老公可以這麼帥！」

「天啊，這世界上為什麼有這麼完美的男人！」

「他的舉手投足，眼神，每一個聲音都是世界上最完美的呀！」

「最近那個被稱為歌神的人到底怎麼跟我們的老公比！差得遠哩！」

其實我很想退出社團，但因為他們的動態真的太激動，激動到莫名好笑，每當工作累的時候就會看一下最新貼文紓壓，而且一定要按讚當簽到呀！不然到時候被當作是幽靈社員怎麼辦。

果然，有一天，社團管理員私訊我，因為我加入夠久，也都有互動，大家的 po 文我都有按讚，想確認我是不是只鍾情這位男明星。

我當然不是，但我說對對對，不然若被退社，我就看不到這些奇葩的貼文了。但當然，男歌手的歌曲好聽、人也帥，生前對歌迷也很親切，撇除這些人的留言，我也還是想要緬懷他的。

　　於是他們把我拉進一個私密群組並要我發誓，裡面所有貼文照片不能截圖，不能外傳，否則將會被暗殺，還必須提供現居地等資料，說要查核備存。

　　我加入這個私密群組之後，發現一切真是別有洞天，如此不可思議。

　　群組裡的粉絲每個人都會貼一堆自己與男明星的裸照合成圖，更精彩的是那些粉絲會在照片下方留下各種幻想故事，有些還很猥褻。驚訝之餘，我點開群組的相簿和記事本裡的庫存檔案，天啊，竟然還有已故男明星的屍體照！

　　奇怪，當初新聞媒體不是都沒曝光嗎？他們竟然有這些照片，而且還有特寫鏡頭……還有這群粉絲跟屍體的合照！看起來完全不像合成的，而且每個人都手比ya。有的是躺在遺體旁邊自拍，有的是跟屍體生殖器合

照，還有粉絲們一起用手指著遺體的傷口，擺出哭哭的表情。

真的是各種非常不舒服的畫面，但以上我講的只是部分照片喔！還有很多粉絲猥褻男明星的照片，在此就不細講了，免得讓我回想起那些噁心的畫面。

不久後，他們約我去祭拜已故男明星。我跟他們說網路上找得到資訊，我會另外找時間自行前往。我一這樣說，粉絲們群起躁動，用分享祕密的興奮口吻說那些網路資訊都是假的，假的地點，真正的地點只有他們知道。

再次，好奇心使然，除了想看看這些恐怖粉絲的真面目之外，也真的想看看男明星的真實祭拜地點。我想我可能跟他們混太久了，多少也開始被影響，認為去過祕密祭拜地點是件值得驕傲的事。

我依約前往。一路上他們說，因為怕有心人士亂來，所以他們早就透過關係把骨灰調包了。現在網路上找到的資訊，那個園區裡的罈子裡放的骨灰只是沙子，真正的粉絲才能親眼見到真正的骨灰跟祭拜牌位，跟著

他們走就對了。

　　一路上聽著這些人說著當年追星的豐功偉業，例如如何抽絲剝繭循線找到男明星家、在每個男明星會出沒的餐廳等他、還會一起躲在攝影棚的廁所裡，等著聽男明星解放的聲音。老實說，在車上我已經覺得心裡不舒服地想吐。

　　那是一個看似廢棄的老舊大樓，硬要說的話有點像臺中的千越大樓，還有住戶沒搬走，但大部分的樓間都是廢墟。我們走到幽暗廢棄大樓的七樓，一路轉彎再轉彎，直到來到某一個小空間。

　　我看到一個神龕，上面沒有照片，仔細看牌位的名字，竟然是這群粉絲們幫男明星取的小名，小名很不起眼，什麼阿明還小豪的，低調無趣到我離開後就忘記了，他們說這樣做是避免被認出。

　　神龕整理得很乾淨，像是一直有人來打掃，對比四周環境陰森髒亂，真的是超怪異的。

　　幾個男男女女粉絲都齊聲對這神龕開始叫老公，

大聲述說著對男明星的思念，然後拿出他生前愛吃的食物，以及準備要化掉的金銀財寶。

我的恐懼感當下消失了，還留下幾滴眼淚，心想：原來他們不過只是一群比較激進的粉絲罷了。現場氣氛感傷，我能感受到粉絲對偶像的滿滿愛意與思念，甚至對於他們的行為跟癡情，心生感動。讓我想起那位令我心疼的已故女明星，若我能在她生前也這樣盡情表達感情，或許就不會有這些遺憾了。

正當我這樣想的時候，突然其中一人塞給我一小包東西，我擦一擦眼淚，問這是什麼。這時所有人都轉頭看著我，大聲喜悅地說，大家都有喔！是這個群組的人才有的福利喔，那可是老公的骨灰，帶在身上保平安，有時候還會夢到他唷！思念到心痛的時候，也可以拿出一點點，加開水喝下去，彷彿老公就一直在你體內呢！真的是好幸福！

我看著他們感動幸福的表情，頓時腦袋空白，冷汗直流。在眾粉絲緊迫的眼神下，我只能努力拉扯嘴角微笑，佯裝很開心，趕快把骨灰放入口袋。

當晚我做了一個夢，那位男明星在廢棄的大樓角落啜泣，夢中的他身體多處殘缺，我猜測是骨灰被拿走的原因？男明星在夢中哭著發抖，口中一直念：「瘋子……一群瘋子。」

　　早上起來，我看著那些粉絲給我的男明星骨灰，竟然是濕的，不知道是不是男明星的淚水浸濕的呢？想起他哭的樣子令人心疼，心疼到讓我突然好喜歡他，突然也想佔有他，也希望男明星能一直出現在我夢中。

　　於是，我把濕答答的灰抹遍我的全身，然後慢慢一口一口舔入吞下，讓他的一部分永遠在我身體裡。

Robbie 的創作靈感

　　我常滑臉書追蹤明星，有時會看到一堆腦粉的留言，總會思忖這些明星看了到底作何感想。又很好奇，這些腦粉在偶像死後，會不會繼續這麼瘋狂？

　　我曾經很喜歡一位香港女明星，但是我從未加入歌迷會，原因就是我每次看到粉絲的瘋狂熱情，都開始自我懷疑，懷疑自己真的喜歡這個歌手嗎？原來我的愛這麼微不足道，那我大概沒有這麼喜歡吧。

　　不過當我年紀越長，越會覺得或許在大家看來某位歌手很開心自己大受歡迎，但私底下可能會覺得這些粉絲讓人超困擾哩。這篇的靈感來自於此。

兩隻老虎

　　有一次去拜訪好友，他們有一個五歲的兒子，說要唱歌給我聽。他唱第一句我就知道是什麼歌了，但歌詞卻怪怪的。

　　兩隻老虎　　兩隻老虎
　　跑得快　　跑得快
　　一隻沒有 penis
　　一隻沒有 vagina
　　不奇怪　　不奇怪

　　傻眼，我問朋友說這什麼東西啊，最新的英文單字教學嗎？朋友聳聳肩說不知道，可能是小朋友之間亂唱

學歪的。

離開之後，我卻開始遇到怪事。每天睡覺半醒半睡之間，腦內都會自動播放這首歌。為了洗去腦中的這首歌，我還瘋狂播放陳慧琳、鄭秀文當紅年代的香港電音歌曲，甚至是 YouTube 歪樓但點擊率超高的神曲，但都沒有用。

更怪的是，我腦海播放出的歌聲不是朋友小孩的聲音版本，是襯著小兒科診所外面投幣式的兒童電動搖搖馬的那種音樂，而且還是跑了很多年的老舊馬，曲調忽快忽慢。

整夜，我腦裡就不斷地重複這首歌，同樣的怪歌詞，而且最後竟然開始產生畫面。兩隻老虎跟在我後面，我越跑越快，歌曲速度就越來越快，然後老虎也會跟著加速，情勢變得越來緊張，就快要咬到我的瞬間，我就會驚醒。

這場惡夢一開始發作時，大概每兩個小時我就會驚醒，到後來每半小時我就會驚醒！真的是苦不堪言。兩周後我實在是受不了，跑去看身心科，但無論我如何吃

焦慮藥或安眠藥，我一入睡還是會出現這首歌，兩隻老虎越追越快，現在真的追上咬到我了，我從嚇醒變成痛到驚醒！

我還為此辭掉工作，現在完全不知道該怎麼辦。重點是，我也不敢跟其他朋友訴苦，怕大家以為我在講笑話，或小題大作。怎麼可能因為聽到小孩唱一首歌就搞得要去看身心科？

失眠一個月後，我決定硬著頭皮去跟那位朋友講這件事，至少也要問一下他家小孩，到底是從哪裡聽來這首怪歌？！

朋友聽了我的遭遇之後，沉默半晌才愧疚地跟我說，他有次去酒吧，聽到臺上有人唱了這首〈兩隻老虎〉改歌詞版，回家後也開始做惡夢，跟我一模一樣的惡夢。

痛苦了好幾天之後，有天他忍不住大聲唱了出來，當晚惡夢竟然就終結了。我去他家那天，聽見他家小孩唱這首歌給我聽的時候，他才意識到他家小孩大概之前意外聽見了。後來大概是他終於可以睡好覺，睡太熟熟

到完全沒發現他家小孩做了好幾天惡夢！

竟然是詛咒連鎖歌！

仔細回想，我確實從來沒有認真唱完這整首歌給任何人聽過，原來破解方法如此簡單！於是我突然想起看不起我的女前主管，決定趁她下班的時候堵住她，逼她聽聽我的歌聲。

兩隻老虎　兩隻老虎

跑得快　跑得快

一隻沒有 penis

一隻沒有 vagina

不奇怪　不奇怪

當晚，久違的一夜無夢，熟睡到天明。

可是，不久後我就被女主管控告性騷擾。女主管認為一定是聽我唱那首改編歌詞的歪版本後受到刺激，每天晚上都做惡夢，夢到被老虎追，被老虎咬，認定是我

唱猥褻歌曲給她聽，才導致她精神衰弱。

　　朋友同事的幫忙下，我終於再見到女主管一面，一見面我就趕快強調這是詛咒連鎖歌，不是我刻意猥褻她。朋友在一旁拍胸脯保障這是真的。

　　但是女主管堅持不撤告，一來我們之前一起工作時就已經結怨頗深，二來我們的解釋過於荒誕，她甚至覺得我毫無悔意，正要起身離去時，我急中生智，想起女主管有婆媳問題，於是跟她說：妳去唱給你婆婆聽，你不是討厭她嗎？有效你就撤告，沒效我就給妳告嘛！

　　兩周後，女主管撤告，還請我吃大餐，加碼重酬包一個大紅包給我。

Robbie 的創作靈感

　　以前還是學生時，個性很中二，喜歡把歌詞硬改成色情的，所以把〈兩隻老虎〉的歌詞「一隻沒有耳朵／一隻沒有尾巴／真奇怪／真奇怪」改成「一隻沒有 penis ／一隻沒有 vagina ／不奇怪／不奇怪」。

　　這是第一個靈感來源。第二個靈感來自於那些診所或者賣場外面給小孩坐的投幣式搖搖馬，很多小孩子很愛，還會跟著音樂唱歌。但老實說，那個音樂讓我覺得很恐怖。第三個靈感來自於身邊眾多朋友的婆媳夫和糾紛，說實在的，我覺得那些鬥法花招更恐怖啊。

跳樓女幽靈

　　我的一對夫妻朋友看上了某間國宅房子，看了喜歡，沒有猶豫太久就立刻入住。那時我在附近讀研究所，所以三不五時就會去他們家聊天看 DVD，睡在比床舒服的沙發。

　　某日凌晨兩點聽到尖叫聲加上摔落聲，不久便聽到一陣騷動。果然，是某戶女子上頂樓自殺，寫了遺書，推測是感情因素。

　　之後，一周至少有三天，凌晨兩點左右，又一樣的尖叫聲跟摔落聲。從陽臺看出去，甚至還可以看到她摔落地上的模糊身影。我害怕極了，傳說中自殺的人會一直不斷重複自殺，原來是真的。想必很痛苦吧？

　　又過了一陣子，凌晨兩點的尖叫聲和摔落聲之外，

還多了金屬敲擊聲。聲音越來越響亮，讓這裡的住戶非常困擾。

有天我與朋友決定在陽臺準時收看，才發現死後的她重複跳下時，手會試圖去抓陽臺的欄杆，每一戶都努力抓，所以才會出現那樣的金屬聲。

夫妻朋友很恐懼，擔心她抓到了欄杆會順著爬進來。而我則是感到哀傷，原來她死後後悔了，不想自殺了，可能真的是太痛了，所以才努力想抓住欄杆。每當夜裡又發出尖叫與金屬聲，都是她掙扎的證明，讓我從驚恐變成憐憫。

隔天凌晨兩點，死去的女子再度墜落，當她試圖抓住欄杆時，我衝上前用右手抓住她。

抓住了！我抓住她冰冷的雙手，意外發現還是相當有重量。我努力拉她上來，這時我朋友衝出來，拿符咒丟向她，大喊：

「幹！吵死了！」

女子碰到符咒痛苦慘叫，但我還是牢牢抓住她的手。朋友妻子俯瞰著她，深呼吸一下，當場賞她十來個耳光！把冰透透的女靈魂打得臉都恢復血色了！

　　這時每層樓住戶都跑出來陽臺，對女子破口大罵，說諸如妳很吵啊！害這裡的房價下跌啊！要死不會爬去墳墓自殺喔之類的話。

　　突然間樓上丟出了一把菜刀下來，把女鬼的手砍斷，女鬼淒厲尖叫接著摔下樓，然後消失在夜裡。而我抓住剩下的手也慢慢變回透明。我聽到大家在各自的陽臺鼓掌歡呼，包括我的夫妻朋友。

　　隔天，一切都回歸寧靜，彷彿一切都沒發生過。沒有聲音，就沒有人出來抱怨，也不會有人在乎了。

　　但我想起那雙冰冷的手，還是感到難過，於是凌晨兩點，我一個人又站在陽臺，意外發現凌晨兩點自殺的女靈魂依然重複摔落的動作，但是現在她會刻意再往外蹬一下跳遠一點，離陽臺有兩公尺的距離。摔落時，雙手搗住嘴巴，避免再發出慘叫聲。

Robbie 的創作靈感

　　讀研究所時，我常常待在我的屏東摯友夫妻家，先生叫蔡漢忠、太太叫黃珮璇。他們知道我是窮學生，而他們是在職生，本身都是老師，非常照顧我，我那時有一半的時間是跟他們度過的。

　　那時候屏東有個連棟國宅，其中一棟很多人自殺。房仲帶我們去看房時，也不避諱，還會直接說光踏在那邊，溫度就降了。房仲當然是說他們在看的那棟，剛好是都沒有事故的。

　　這篇故事的靈感完全就是那棟大樓所啟發。後來我父母也買了房子，最害怕就是有人跳樓，特別是買在二樓，有大大的陽臺那種，超怕有人自由落體掉下

去變成新屋主，所以寫出這篇，也告誡自己以後買房絕對不要買低樓層有陽臺的房子。

　　故事好笑歸好笑，但其實令人很心酸。心酸一，死者死後還會不斷的跳樓；心酸二，遇到房價下跌這個課題，人就變得一點都不怕鬼，擔心跌落房價時，就變得比鬼還可怕。

飆車騎士

我從小就住在這裡，從我出生有記憶以來，這裡半夜就會聽到飆車聲接著緊急剎車的聲音，大約是同一個時間，只要半夜沒睡都會聽到。

可是剎車聲之後就一片寧靜，從來都沒有出現叫囂聲或者之後相撞聲，也沒有救護車的聲音，讓我一直很好奇。後來有天跟鄰居聊天才知道，那是多年前某一位飆車族半夜騎經此路時突然打滑摔死，所以之後午夜時分都會聽到這樣的聲音。

其實只要你站在旁邊看，也會看到他顯靈，飆車，摔車，消失。像我就有加班、夜唱或者是吃宵夜回來時時間太晚而目睹過。

我就這樣聽這個聲音聽超過 25 年。不過，最近里

長開始想要處理這件事。原因當然很現實。當年這邊是重劃區，人口還不普及，深夜出現死亡飆車騎士，然後在路口處慢慢消失，看到的人不多，影響不大。現在這裡人口多了，前一陣子有人還差點被這臺死亡機車撞到，因此里長想好好解決這個問題。

他們請了道士，但是不管怎樣作法，這個機車騎士還是會在半夜出現。里長跟鄰居們看狀況未見改善，問是否請死者家屬來喊話會有效果呢？或許見到自己的親人就會瞑目了！

里長覺得有道理，最後請出了死去騎士的年邁母親。年邁母親站在路中央，等著見她寶貝兒子一面。果然機車騎士衝了過來，他的母親拿著大聲公喊，要他好好投胎，不要人世間逗留。

話都還沒說完，可能站得太近，騎士直接衝過去把他媽媽撞飛。機車騎士依然消失在黑夜中，留下他媽媽慘死在路邊。

我從窗外看到這一幕，心裡非常氣憤，立刻衝出門指責里長這樣的行為，不但沒幫助，反而還犧牲一個人

的性命，還是被自己兒子撞死，情何以堪！

里長雖然對我的指責不大爽快，但他還是耐著性子跟我說，他是里長，需要維持轄區安全，而且這個半夜突然出現又消失的嚇人飆車仔，本來就不是正常的事情，不應該因為這一場意外，否定他們想要讓這區變得更安寧的決心。

白天遇到鄰居，我把我的想法跟鄰居們說。大部分的鄰居不認同我的看法，更有人嘲諷我，說我就像是 B 級殺人片中的大奶無腦女主角，在那邊裝傻白甜，最後害大家都死掉。

被圍剿的我最後只好摸摸鼻子回家，不再發言。當晚，守望相助隊封街，不讓任何人騎車經過，就是要圍捕這個死亡騎士。他們在路上兩邊的電線桿上綁實了鋼琴線，打算讓死亡騎士飆車過來直接衝撞鋼琴線，讓他首身分離，看他之後怎麼騎車。

我與我媽就站在窗邊看著。機車騎士在午夜時分出現了，飆車飆得很快，然後越飆越快，衝破鋼琴線那瞬間，頭整個噴飛出去，身體與機車打滑摔落。飛出去的

頭撞到了牆壁，彈來彈去，最後飛到我的窗戶，就這麼剛好彈了進來。

我與我媽嚇傻，瞠目結舌看著我的房間裡那顆還戴著安全帽的人頭。

我媽慢慢往後退，然後走去廚房拿掃把，用掃把桿插入安全帽裡面，叫我抓住安全帽，想把機車騎士的頭拔出來。

拔出來之後，是一個血流如注的年輕人的臉，眼睛滿滿是淚水，口中不斷哭喊著：媽媽……對不起……撞死妳……真的很對不起……嗚嗚……

我與媽媽面面相覷，感到無比難過。我們蹲下來輕撫死亡騎士的頭，說一些安慰他的話，直到頭與安全帽慢慢變淡，消失。

那天之後，騎士還是照樣出現在路邊飆車，飆車到一半後，頭與身體分離，頭到處彈，飛到二三樓用痛苦的表情與附近各棟住戶對看。身體沒有頭了，失去方向感，騎車已不再是單一直線，會騎 S 型撞傷路人，車子

和身體都到處橫衝直撞，造成更大的破壞，例如今天是撞倒電線桿，整個社區大停電。昨天還撞進住宅，撞飛瓦斯桶，導致起火爆炸。

里長確定下次不出來選了，我們也決定限期搬出。

Robbie 的創作靈感

　　我房間的窗戶面對一條臺中的大馬路，小時候幾乎同一個時間會聽到半夜飆車跟緊急剎車聲，從來沒有救護車的聲音。

　　有次跟我哥哥提及這件事，原來他也常常半夜聽見，他還試著打開窗，想看清楚哪來的飆車族，因為太常聽見卻看不到飆車族，所以我們嚴重懷疑那是以前發生事故的鬼騎士不斷重複出現的行為。

　　後來我長大後也漸漸淡忘這件事情，現在想起來好像這個聲音有天就突然自己消失了，或許他已經投胎轉世了吧。

故事中的里長或許並非壞人，也並非這麼勢利眼，他的立場只是想讓這個里不再有鬼怪，卻最後搞得兩敗俱傷更嚴重。有時候以好的出發點處理事情，偶爾也會導致壞的結果吧。

一個人的影城

　　秀泰影城還沒開幕時，我都去另外一家生意不怎樣的影城。去書局買 250 元優待票，就可以坐在豪華沙發。我都一個人去那邊看恐怖片，而且選擇坐第一排，永久棟距，舒適又快樂。我應該至少十次是一個人包場，兩三次不到三個人。

　　當然這家後來停業了。

　　記得有次我去這家戲院看部恐怖片，忘記是哪一部了，巴西還阿根廷出產地。那日又是我包場。影片結束後，謝幕字幕剛跑出來，我就起身離開。

　　我從十八樓搭電梯至一樓，一樓有個保全，我離開時還跟他點頭示意一下。出去摸摸口袋才發現我的鑰匙

不見了，只好衝回影城。那場是半夜最後一場，若員工都走了，我就要流落街頭了。

　　進去後我跟保全說明來意，就搭電梯到影城。那時有一個小門可以直接通到影廳那層，不用經過櫃檯。我看到那間播放恐怖片的影廳門還半掩著，就像我離開時的模樣。

　　不過就在我大步走進去之後，眼前景象把我嚇了一大跳。全場除了我剛剛坐的位置，可以說座無虛席。

　　我當下心想，原來後面還有其它場次，是我記錯了嗎？我趕快走到我的座位，看一下地板，果然鑰匙落在那裡。

　　我拾起鑰匙後，撇頭瞧一下現在到底是播什麼電影，竟然這麼熱門。但……螢幕上明明還是剛剛那部電影的謝幕字幕在跑，不是什麼新的電影啊？！

　　這到底怎麼回事？

　　我一轉頭看向座位區，發現全場觀眾都站了起來，每一個人都死盯著我看。他們的眼神很冷漠，還直挺挺站著。我倒抽一口氣，突然覺得恐怖，決定用倒退的方

式離開影廳，避免他們攻擊我之類的。

　　還好他們沒有什麼進一步動作，只是視線一直針對我。安全撤退，我趕快去搭電梯，恰巧遇到一個穿制服的女工作人員，我立刻跟她說這件事。

　　女工作人員驚呼說怎麼可能，我看她不相信我，就要她跟我一起去查看一下那個影廳。

　　這時影廳已經亮燈，裡面竟然一個人也沒有。呼呼，好吧，或許我看錯了，我跟她說不好意思，轉身要去搭電梯。

　　女工作人員連忙抓住我，這下換她會怕了，要我等她下班。我在辦公室外面等她一會兒，之後就一起進了電梯。

　　我站在電梯後方，從她的背影發現她全身發抖，我問她是否很害怕，她說是，她說這已經不是第一次有人跟她說發生這種事了。

　　我那時候不知道是太豬哥還是男性賀爾蒙作祟，就說要抱抱妳嗎？女工作人員沉默一下，然後頭 180 度轉了過來面向我，笑著跟我說：「好啊。」

她往我撲過來，我驚嚇過度的本能反應就是一巴掌給她打下去！

　　但她可能太常 180 度轉頭給別人看，彷彿螺絲鬆了般，脖子跟頭開始像陀螺般，不斷旋轉，轉轉轉，轉到我都能感受到她的暈眩和痛苦！

　　女工作人員的脖子轉轉轉，越轉越細，越轉越長，最後脖子長到撐不住，頭向下垂地，且面色鐵青，不斷狂吼，痛苦呻吟。

　　我在狹小的電梯裡面逃不出去，近距離看著這麼恐怖的畫面腿都軟了，比之前看過的每一部恐怖片都可怕。

　　不過是不是感覺恐怖的時候，時間總是過得特別緩慢呢？啊這麼久了，怎麼還沒有到一樓？！

　　我看向面板。

　　原來進去後，根本沒人按一樓。

Robbie 的創作靈感

我個人非常非常喜歡這篇故事。

臺中還沒有秀泰影城以前，我都是去 SOGO 的威秀影城，LOMO 廳是一個人一張沙發，我討厭跟不認識的人坐在一起，所以我都會去那邊看，而且我會選擇第一排，前面不會被擋住，一覽無遺很爽。

那邊生意不好，我看了很多次一個人包場。某次我看了最後一場次，到樓下才發現我的鑰匙不見了，我猜應該是在影城弄丟的。

我很緊張，趕快衝回去，因為如果大家都下班了，我就無法拿鑰匙。去那間影城必須通過遊樂場，

我進去之後一個人都沒有，而那間影廳還在播放字幕。我走進去後發現鑰匙真的在那邊，鬆一口氣，但是當我抬頭突然意識到影城裡就只剩我一個人，真的是恐懼感油然而生。

電梯裡又有鏡子，半夜一個人這樣進出暗暗的影城，真的很有恐怖氛圍。就是這個至今仍記憶猶新的氛圍給了我靈感，讓我創作出這個故事。

今天
來點瘟腥

我從今天起
不會再傳訊給妳了

　　20多年前交筆友的風潮盛行時，我認識了她。我們互寄手寫信，然後電子信箱通信，到後來 Line 開始流行時還保持聯絡。

　　大學時期我們開始見面，後來也約出去遊玩過幾次，她很喜歡我，我也對她有好感。只是那幾年我剛結束一段感情，情傷有些過不去，而且也不認同新歡復舊傷，因此我們就一直維持朋友關係。雖然不算常見面，但幾次兩人出遊也是有一點點浪漫，有一點點心動，對她一直都有好感。

　　五年前的聖誕節，我照老樣子傳了聖誕節快樂的訊

息跟貼圖給她，卻一直顯示未讀。

　　跨年那天我再傳新年快樂的貼圖與訊息給她，仍然顯示未讀。

　　「把我封鎖刪除，不會吧？」我很困惑，我們沒鬧翻也沒有疏遠呀！聖誕節前一個禮拜還在 Line 上面小聊一下工作上的八卦，還說她準備要去開心度假了。

　　過年期間，她還是未讀，我開始有點擔心了。我在 google 上找了她的名字，搜尋出的第一筆資料就是她，是她服務的機構設立的交流網誌。

　　我點進去看，赫然發現一篇緬懷她的文章，文章附上了許多她跟同事聚餐的照片。

　　原來她去峇厘島度假，因不諳水性而魂斷峇厘島。認識如此多年的朋友，現在才從網路上看到這種天人永隔的消息，我錯愕且傷心地哭了很久。

　　爾後，每當逢年過節，我依然會傳訊息給這位好友，就算再也看不見她的已讀或回覆，我也深深祝福她在天堂一切都好。

如今轉眼間也過了五年，又到了聖誕節，我點進去與她的聊天對話視窗，正要傳訊息說聖誕快樂時，我發現過去的訊息全顯示已讀。

　　我倒抽一口氣，第一個直覺是會不會她的家人登入她的 Line，就像有些紀念帳號那樣？於是我傳訊息說：「請問是 ×× 的家人嗎？看到已讀很開心！」訊息一下子就顯示已讀，我的心臟撲通撲通地跳得好快！

　　我就這樣盯著手機螢幕不敢動，但過了五分鐘，都沒有人回傳訊息，所以我就放著先去忙別的事情。等到忙完回來檢查訊息，發現有人回傳了一張圖片給我，縮圖看得不是很清楚，於是我點開來放大看。

　　看起來像是一個人在水上……
　　等等，這是什麼？這是她溺死的照片嗎？開什麼玩笑！太惡劣了！

　　我倒抽一口氣，但同時有股怒氣油然而生，我回傳：「你到底是誰？這樣做不太好。」對方秒讀，然後

一會兒又顯示傳送另一張照片給我。

　　這下我不用點開，也大概看得出是怎樣的照片：一個人在沙灘上蓋上了白布。

　　這到底算不算是惡作劇？而且是誰手上有這些照片可以做這種惡作劇？？我正要直接打過去開罵的時候，第三張照片傳來了。

　　照片上有一隻手掀開了白布，特寫朋友的遺容，眼睛睜大大地直視鏡頭。

　　我想都沒有多想，馬上點開功能列表，按下封鎖加上刪除。

　　很抱歉，從今天起我不會再傳訊給妳了。希望妳在天堂一切安好。

Robbie 的創作靈感

這篇故事對我來說非常重要。

第一，這是多年後我重新回到 PTT marvel 版寫的第一篇故事，具有回歸創作的紀念價值。第二，其實這篇故事背後有一個悲傷事。

我某位好友以前有個曖昧對象，常常都會互相傳訊息。有一天對方突然不讀不回，原先想說可能工作忙，但接著連續兩個節慶對方也都沒讀訊息，朋友覺得怪怪的，於是上網肉搜他的名字，意外發現對方已在國外溺斃。

雖然難過，但逢年過節朋友依舊會傳訊息到這位

已逝故人的 Line 表達懷念。我覺得很感動，所以有了靈感寫下這篇故事。

但是發表這篇故事的一年後，我的朋友跟我說了另一件很哀傷的事情：這位死者的 Line 帳號因為閒置太久，前幾天被永久撤銷了。

以後朋友再也沒有一個熟悉的對話窗口，在想念故友時可以傳傳訊息說說話了，我聽了之後覺得很感傷。

凶宅倉庫

在一段捧人飯碗的工作結束後，我決定自行創業，想要批些男性的內褲泳褲來賣。

一開始貨量小的時候，家裡也還放得下，但賣場東西太少太單調是不會有人來買的，於是我訂購越來越多不同樣式的產品。

到後來，不但快坐吃山空，家裡也不夠放這些褲子。於是我決定來租一個小小小小套房來放我的庫存，然而就像我說的，進貨多，小套房可能也會有朝一日不夠用，而且套房租金也不便宜啊！於是，我那時動了歪腦筋，隱瞞著父母親去找出租的凶宅。

終於透過做房屋仲介的好友的男友介紹，找到一間凶宅，房租一個月只要三千，可以使用一整層的公寓，

坪數二十，位在頂樓，屋齡十年左右，我覺得超便宜！

死者是男的，在主臥房上吊死亡。我把所有貨物都放進那裡，二十四小時播放佛經，然後每天傍晚五點以前一定離開。

後來有了超商寄貨取貨，等於 24 小時都可以出貨，於是只要有人下訂單，若我還沒睡，我就會不分晝夜踏入這間凶宅公寓。

農曆七月的晚上打開凶宅公寓房門，眼前一片黑壓壓，加上心理因素，說實在心理壓力不小。還沒打開門前就隱約傳來佛經聲，加上天氣有點悶熱時，我會整天開著窗戶通風，於是風打在包裝衣服的袋子上，發出窸窸窣窣的聲音，兩種聲音交雜一起，像是什麼恐怖東西要現身，真的是讓人很膽戰心驚，恐怖到了極點！

通常我一進去就會把燈打開到全亮，但後來鬼月過了好幾個晚上了，也沒發生怪事，所以慢慢地我就卸下了心防。

不過要說完全沒發生怪事也不是，我開始發現架上的衣服、桿子上的褲子、甚至地上箱子裡的貨品，有時候會出現在地板上。應該不是掉落的呀，我明明都會關好窗戶，真是奇怪。

　　但東西移位不會恐怖怪異到讓我感到害怕，所以鬼月過後，我也就慢慢忘記這是凶宅，後來我甚至可以放心過夜，把佛經播放器關掉也可以安心入眠。

　　但開始過夜三天後，我就聽見有人翻動東西的聲音，聽起來像是袋子被拉來移去。隔天貨品也沒有減少，所以我也不太在意。有時候因為白天太累，就算聽見了，想說反正頂多東西被移位而已，我還是繼續睡。

　　但有天我不知道哪來的勇氣，就慢慢坐起來，想要看清楚到底是發生什麼事情，是哪個好奇寶寶翻動我的褲褲。

　　果真，看到一個人形黑影站在我的床前，那裡也放了不少貨品。也不知道為何，我完全沒有往小偷偷竊的方向聯想，因為之前貨品都沒有短少，我直覺那個黑影就是那個自殺的人！

雖然是個黑影，但我猜他應該是背對著我，我對他說：「先生，不好意思，打擾您了，我在網路上賣內褲，把這邊當倉庫，若您有喜歡的，就直接放在我床邊，我明天燒給您好嗎？」

　　黑影翻動的動作停了，雖然是黑影，但我能感受到他正在慢慢轉過來看我。我看不到五官，不知道是長怎樣，例如眼睛有沒有掉下來，或者舌頭有沒有吐出來。

　　我們彼此無聲對峙了一下，於是我的腦袋開始腦補，自動生出很多恐怖電影的畫面，越想越覺得好恐怖，於是趕快躲回棉被裡唸佛號，然後唸一唸就這樣慢慢睡著了。

　　隔日醒來，我床邊……沒有任何一件我賣的商品，虧我想出褲褲賄賂這種點子！真的是白講的……不過地上倒是又「掉落」了幾件內褲！

　　不多，總共五件！或許這跟「更衣」是一樣的道理？於是我在陽臺立了張桌子，擺了一些供品和這些褲子，恭敬地把這些東西燒給他。

爾後，每當新貨到，我都會先拜拜，並把每批貨品中最性感的那一款燒一件給他。之後就再也沒有東西掉在地上，而且生意也突如其來變得超好，好到一堆人敲門找我想一起合作及投資。

　　黑影不再出現，直到有天，我做夢夢到一個高高瘦瘦的人，穿著很時髦（穿著我賣的我挑的衣裝，品味出眾，肯定時髦囉！），對我點點頭但不說話，嘴巴刻意閉得很緊，一副張開舌頭就會掉出來的感覺。

　　夢裡他要我跟著走，走一走我們來到一間西裝店，他用手比了其中一件西裝外套，然後對我鞠躬，我就醒來了。

　　醒來後我到處問人，但完全問不到夢中那家西裝店的現實地點在哪裡。因為我相信我現在生意變好肯定跟他有關，於是我決定還是要慎重處理。

　　我非常用心去一間要價不便宜的服裝店，挑了一款跟他指定的那款很接近的樣式，而且直接重金加碼升級全套，包含領帶襯衫袖扣襪子，然後要店家仔細包裝，

裝得像高級訂製禮品一樣。

　　回家之後，我特別吃素三天，誠心誠意地燒給他，祈求他滿意並且繼續保佑我的生意興隆。

　　也不知道他有沒有收到，我再也沒有見到或夢到黑影。而我的生意也沒有因為供奉了超高級禮品而變得超級熱銷，反而送了之後，買氣開始變淡，感覺就像是……他穿上全套嶄新衣服之後，心滿意足離開了。

　　好在我平日存了些錢，不過再繼續下去就會坐吃山空，於是沒多久，我又回到了朝九晚五的上班族生活。

Robbie 的創作靈感

　　這篇凶宅倉庫的故事，描述賣家租了一間便宜的凶宅房子當倉庫，燒商品拜鬼，生意因此變好，但有一天靈體投胎轉世，沒有鬼的加持，賣家的生意一落千丈，又回到朝九晚五的上班族。

　　這篇故事對我來說有很重大的意義。

　　八年前我開始當網拍賣家，但我生意不好，也漸漸認為我自己做不長久，只是過渡時期罷了。

　　當時有點悲傷和沮喪地寫下這篇故事，是對於自己處境的投射，覺得生意沒起色有一天得要放棄網拍，回歸上班族生活。

實際上，我卻撐過來了，還撐了八年，仍舊在茫茫大海的網拍市場存活競爭著！

　　重看這篇創作，不知不覺眼淚還流下來了呢！回顧這八年的辛苦，堅持沒上104投履歷找工作，很幸運也很感激，沒想到我竟然堅持下去，因此特別有感，想把這份感動獻給自己，也獻給支持我的買家和讀者。

謝謝噠咕噠咕新年財

某一年農曆過年，我家跟叔叔一家人一同去度假，除夕當晚還有烤野豬活動，第二夜則是住在東埔溫泉的某間旅館。

不知道我的大哥那天是不是太累的關係，本來在車上還有說有笑，但是旅館 check-in 之後就開始變得很沉默憂鬱，一副誰惹他生氣的樣子，都不說話。連晚餐大家一起吃合菜，也都吃很少，低頭不語，跟平常的嘻嘻哈哈樣子完全不一樣。

但是我爸媽可能因為想說大過年，也不好意思唸他，就當作青少年叛逆低潮吧。

我呢？長大後愛泡湯的我，當時年紀小，在家人面前袒胸露背會害羞，所以選擇待在房間看電視，剛好轉

到衛視電影臺的《嚦咕嚦咕新年財》。

因為劇情實在是太好笑了，我先開始呵呵大笑，沒想到原本表情很抑鬱的大哥，也開始笑，而且笑得比我還大聲，笑得好開心，還熱烈開心地討論劇情。看完之後還主動問我要不要吃泡麵。寒冬的過年氣氛中一起吃泡麵當消夜，真的是很有趣的經驗。

隔天退房之後，我們去夫妻樹，短暫停留塔塔加，那天當地最高溫度是 2 度，風超大，真的冷到你不願意出車門。

導遊跟我們說只要再走兩公里，就可以看到雪，但那天真的太冷，我們還是打算打道回府。中午也是吃山產合菜，在喝了熱熱的金針排骨湯之後，大哥突然問我說是否昨天看出他進房後沉默不語，心情很糟。我就說有啊有啊，表情看起來好可怕，陰沉到不敢跟他說話。

大哥說，進房後他第一件事情就是去廁所，一進去還沒開燈，他就看到一個穿古裝的老婆婆，綁著包包頭，瞇瞇眼對他露齒笑，還缺了幾顆牙，然後按沖馬桶的把手之後就穿牆出去。

大哥嚇傻了，以為自己眼花，低頭看了一下馬桶，確實正在沖水。過年遇到鬼又不敢跟家人說，於是就只好自己痛苦悶著，直到看到《嚦咕嚦咕新年財》，大笑之後才驅散恐懼感。我聽了之後，覺得熱湯帶來的暖和感馬上退去，真心覺得體感溫度比 2 度還低啊！

　　也因為這樣，往後的日子每年過年除夕晚上我都會看《嚦咕嚦咕新年財》，讓自己努力大笑，就像是改運轉換心情的好良方啊！

Robbie 的創作靈感

　　這篇故事 90% 描述的經歷都是真實的，但同時關鍵就在那 10% 的創作讓故事變得有意思。

　　現實中我們確實一起去了東埔溫泉，那天大哥突然變臉都不說話，一副要發脾氣的樣子，直到快干夜跟我們一起看《噎咕噎咕新年財》這部電影時開始表情放鬆，親切可愛。

　　隔天吃飯時，大哥才跟我們說昨天剛踏進旅館，親眼目睹沒有外力作用下，馬桶的沖水把手自己下壓，他認為自己大過年遇到鬼，嚇到不敢說出來，心情很鬱悶。

我在這篇故事中加入一個包包頭瞇瞇眼的老太太出現在廁所對你露齒笑，感覺更可怕了吧？

　　不過比起馬桶自己沖水，我覺得情緒說變就變的青少年才真正可怕咧。

在橋上看到
多年後的自己

　　15 年前，我在屏東念大學，地點比較鄉下，所以學生們常常往市區或高雄跑。有一次在雨中騎回屏東的路上，一直小心翼翼地騎著必經的一座大橋。

　　我的車是小 50，風吹雨滑，整輛車搖搖晃晃。忽然一臺機車從我身旁飆速穿過，下雨天看不大清楚，但看得出來大概是雙載，形體很模糊，覺得好像是在看另一個世界的畫面。

　　正當我這樣想時，那輛車就撞到右邊護欄，兩個人就這樣掉落橋下。但奇怪的是，他們騎的機車就在我面前模糊然後淡出，從頭到尾都沒有機車引擎聲音，人摔下去也沒有慘叫聲，看起來機車與人都像是半透明

的⋯⋯當時我嚇到繼續往前騎，但我事後冷靜回想，我應該是看到鬼了⋯⋯

從那天起，只要經過大橋我就更加小心。幾年後，我還是在屏東同一間學校念研究所，與大學時期同班女同學交往。我們很常吵架，常常吵到歇斯底里。有次在墾丁回來的路上，我們又吵架，她情緒失控，開始瘋狂飆快車，想要和我同歸於盡，嚇得我在一個比較安全的路段跳車後，蹲在路邊嘔吐。

有天又是一個大雨的夜晚，我們在高雄大吵一架，騎車回屏東的路上換我一路飆快車，騎上大橋用力衝的時候，我一度想要同歸於盡，結束這場鬧劇跟痛苦。

正要衝的時候，我眼前忽然閃現多年前看見的摔下橋的兩人模糊透明身影，意外跟我與女友當時穿的衣服相似。

難道當時我看到的不是鬼，而是多年後的我們？而且還預示了兩人的結局？

我內心忽然一種恐懼襲擊而來，伴隨著清醒的覺

悟：我不想再這樣歇斯底里了，我想改變！我不想要就這樣結束生命！

我開始放慢機車速度，雨越下越大，深怕打滑，所以靠左邊避免離護欄太近。很幸運的，預言沒有實現，我們成功下橋。

下橋後雨勢超大，幾乎遮住了視線，我騎到了第一棟建築前喘口氣，抬頭看上頭招牌：歐悅汽車旅館。

我問女友，要不要進去談談？女友抬頭看了招牌，不說話，低頭點了點頭。

這是我們第一次進去汽車旅館，裡面的設備真的是有夠驚人：好大的房間，比我房間還要大的浴室，比我房間還要大的浴缸……

我們沒有談談，倒是各自坐在浴缸的兩端，靜靜的，一句話都不說，泡了長長的熱水澡。

雨中淋了一身濕後泡熱水澡的溫暖，以及從激動到內心平安的寧靜感，我們就像經歷生死關頭，那種心理轉換與感受，至今難忘。

雖然沒有說開，但我相信當時我們兩個人心底一定都在想著：活著真好。

Robbie 的創作靈感

　　有天我看了 YouTuber Will 的《X調查》節目提到一對姊妹摔下橋的案件，經過調查後認為她們疑似在橋上吵架，其中一位一時情緒失控衝到橋下，才導致這場憾事。

　　我不是要講大道理，但我們也都有低潮的時候，不管是失戀或者是任何因素，我們也常常會有這種難以控制的衝動……

　　我在屏東待了快八年，前幾年都是搭火車去高雄，因為騎過一次高屏大橋被嚇到。橋上的機車道非常窄，我又是小 50，旁邊的柵欄非常矮，有時候風大都擔心會不會被吹下橋。

但後來因為勤距高雄，所以還是試著習慣騎上高屏大橋。通常我騎車會想東想西，思緒亂飄，唯獨騎這座橋時我會逼自己極度專心，真的太害怕出事了。

　　但吵架情緒波動太大時，有時候真的會不顧一切……很常吵架的女友可不是編出來的。有次就是在騎高屏大橋大吵一架，當下真的有一個念頭想說乾脆一起摔下去好了。

　　好幸運那時我沒有這麼做，好幸運我們現在都好好的。不過，我到現在想起高屏大橋，還會出現女友摔下去看我的驚恐眼神。

　　不要誤會，她沒有摔下去，我指的是那時產生那股衝動時，腦中想像出的畫面，兩人摔下去時看著對方驚恐的樣子。

　　雖然我早就跟這位前女友失聯，但真心希望她現在一切安好，幸福平安，這是我唯一可以消除腦海裡她那驚恐表情的唯一辦法。

不要在陰間自殺

　　我認識小凱很久，算不上好友，因為他個性相當古怪，有些行為甚至讓我非常反感。

　　他很容易一廂情願墜入情網，但女生其實根本就沒有那個意思。當女孩子發現他誤會了，嚴正拒絕他時，他就會惱羞，做出很激烈的行為。

　　前一個他愛上的女生已經擺明請小凱不要再聯絡她，但小凱還是天天去人家家門口堵人，有時甚至還半夜兩三點去騷擾，下跪哀號樣樣來，讓女生一家人很困擾。女生報警之後冷處理，完全不再回應。

　　吃了閉門羹之後，小凱決定出爛招。他上自家頂樓，奪命連環 call 給那個女生，想當然耳那個女生還是不接電話，於是小凱就傳簡訊留言說他準備要跳樓了，

還說希望跳樓之前可以聽聽她的聲音。

　　小凱等了半小時，發現這招沒有用，於是小凱跟他爸借了手機繼續傳訊給女生說：「我兒子為了你都差點要跳樓了，妳竟然還不回應，妳真的是無情的女人！」

　　這些事情是小凱上個月親口跟我說的，我聽他抱怨那個女生有多無情時，忍不住翻白眼，內心非常憤怒。

　　那時說得好像他真的很愛這個女生，愛得死去活來，沒有她不行，結果這個月他又有新的故事。

　　他在高雄認識了一個女孩，第一次見面相談甚歡。第二次見面時小凱就邀請她一起過夜，女生說家教比較嚴，無法過夜，小凱當場就拿出美工刀說要自殘，把女生嚇得遠遠的。不要說不願意過夜了，這下連下次見面都困難了吧。

　　果然女生隔天開始就避不見面，小凱則是每天歇斯底里地到處說他要自殺。

總而言之，我這十年來聽過無數次他的自殺威脅故事，每一段我都只覺得女生好衰好慘。

　　但其實要說的話，我也很慘，因為他的自殺抓馬不只困擾他看上的女生，還遍及他周遭的人。

　　有一次小凱跟我聯絡，連環 call，一開口就說預計下周五要離開世界，所以想見見我。雖然這種話我聽過不下百次，但總覺得人家自殺前還會想來跟你告別，也還算把你看得很重要。

　　於是我就帶他去吃高級餐廳，想說好好做一個溫馨的告別。結果花了我三千大洋之後，他仍然活得好好的，比較像是我跟三千元告別。

　　還有一次，他要我陪他去酒吧喝酒，結果他不斷說他的感情事，看我忍不住翻白眼，沒有產生共鳴，他就轉過來央求調酒師可不可以為他客製酒飲，一邊用哭腔訴說著他被甩的悲情事蹟，還一直從口袋掏出手機，點開女生的照片，塞給附近的酒客看。我移位到遠一點地方坐，想要當作不認識他，覺得真是丟臉跟極度難堪。

沒想到幾個月後，小凱與家人旅遊玩水時溺斃。我沒有去參加喪禮，說實在的，我並不同情他，倒是偷偷感到慶幸：不用再忍受他的自殺威脅，這造福多少臺灣人啊。

　　兩周後，我夢見他。他跟我說陰間一切都好，而且他最近戀愛了。我跟他說恭喜。

　　再過兩周，我又夢見他，他跟我說他想死，而且他想死在對方面前，讓大家知道這個女的有多爛。我跟他說對，好爛。但你不是已經死了嗎？

　　接下來再夢見他的間隔比較長，兩個月後正當我想說他死去哪裡時，晚上我又夢到他了。

　　一開始我還認不出來，他整個變了模樣，斷了一隻手，脖子拉得好長，身體還冒著煙。

　　小凱跟我說，他真的好想死，好想自殺，可是沒想到陰間自殺真的是困難重重。

　　首先，他真的跑去在那個他說好爛的女生（女鬼？）面前割腕。有別於他在陽間常常光說不練，在陰

間的小凱竟然真的割下去了，不只是恐嚇而已。

　　小凱說割下去後，手真的會斷掉喔，超痛的！可是沒有流出一滴血，也沒有噴血，是真的完全沒有血耶！這下看起來只會有斷手的痛苦，但不會流血而死。那個女生見狀，大笑，然後飄走。

　　但是手斷掉的小凱真的太痛苦了，於是他決定換看看上吊的方式。

　　他選在一個偏僻的地方上吊，掛上去後，慢慢感到窒息的難受，還有繩子壓迫脖子的皮肉痛，整個腦袋痛到極致。

　　然後……他就這樣一直吊著，慢慢才理解這樣也死不了。他就這樣保持在頸部拉扯最痛苦的狀態，不停的在空中掙扎，整整掙扎了兩個禮拜。

　　人世間上吊十五分鐘內就斷氣，他卻這樣痛苦了兩個禮拜，而且還沒有成功了結喔，是剛好陰間鬼差來問事，找不到他，直接 GPS 定位到他，這才把他解救了下來。

因為掛了兩個禮拜，小凱整個頸椎都被拉長，看起來怪恐怖的。

最後，小凱決定跳樓。不過因為陰間腹地廣大，沒有高樓，他只能從二樓往下跳，而且因為脖子變得很長，頭先著地了，但身體還有一段距離。

更糟糕的是，陰間的地很鬆軟，小凱直接衝到地心岩漿區，全身被岩漿燙傷，在滾燙的岩漿中不停哀嚎。

最後其他人實在受不了他的哭嚎，丟下繩子把他拉上來，這才解救了他。說完這些遭遇之後，小凱崩潰痛哭，他不知道到底該怎麼辦。

我問他說陰間有心理醫師或精神科嗎？他說有，可是手上沒這麼多錢，問我可否燒給他。隔天，我燒了一堆紙錢給他，希望他能好好去看醫生。

兩周後，我又夢見小凱了。小凱跟我說，這次是最後一次來我夢中了。儘管對他的自殺情勒行為反感，但當我聽到這是最後一次見到他，還是心頭一震，多少有點感傷。

我說為什麼呀？你終於找到陰間的終極自殺方法了嗎？

　　小凱說，他去看了陰間精神科，跟醫生說自殺死不了很痛苦，醫生聽了他的遭遇之後，開給他的處方是：投胎轉世為人。

Robbie 的創作靈感

雖然我的故事常常出現自殺的人困在原地重複做一樣的行為，那主要的原因是我成長背景的宗教因素，我不覺得真的會發生這種情況。

隨著年齡的增加，我越來越認同每一個人都有自己的生命自主權，意思是說我同理他們想要提早結束生命的想法。

然而，自己決定要結束生命，是你自己的事情，不應該把自殺變成你報復或者情緒勒索的手段。

我常常安慰失戀痛苦想結束生命的人，若對方真的是超級渣男渣女，你的自殺根本不會起到任何作

用，對方根本不在乎，還是活得好好的，真正痛苦的是愛你的親朋好友。

相反的，若你的自殺會讓對方很痛苦，很後悔，那就代表對方並不是那麼爛的人，只是與你的感情淡罷了，那既然他不是壞人，為何又要讓對方背負一輩子的創傷呢？

我最愛的港星梁詠琪曾在粉絲團貼了一張美照，想要大家分享生命中最想留住的一刻。

我自認是個幸運的人，所以當梁詠琪要粉絲分享我們最想留住的那一刻時，我赫然發現，我每一個時期的當下都有最想留住的一刻。這代表，有時候我們覺得自己是在最幸福最快樂的時光，又或者是認為未來一定不會再更快樂了！但殊不知有一天回首，才發現有更幸福的時候等著你。

如同寫這段文字的我，第一版本跟第二版本讓我想到最想留住的一刻的事情已經不同了。

當你覺得人生很糟不會好轉，想要結束時，請試著想一想，若你撐過去。

在人間，太痛苦可能想選擇結束生命，可是到了地府，你想結束卻怎麼都死不了，那才是最痛苦的。

再次感謝小生，他的粉專上也推薦了此文。

哭聲

　　我人生第一次接觸死亡是小時候還住三合院時，大人們把病危的爺爺從醫院接回家，爺爺在斷氣之前試著與我們每一個人告別。

　　奶奶囑咐我們，不可以在爺爺面前哭泣，不然死者會死不瞑目。那時我還小，大概懵懵懂懂知道死亡是什麼東西，但是當下並沒有流下眼淚。

　　家族中有人背對著爺爺落淚，有人去別的廂房哭泣，大部分的人都克制得很好，看起來異常冷靜。聽說這是為了死者好，能夠心裡平靜，毫無牽掛上西天。

　　爺爺斷氣五分鐘後，我看著他的靈魂坐起來，表情無神，些許透露出哀怨，其實有點恐怖。爺爺飄起來，環顧眾人，似乎在等待什麼，繞了幾圈之後，我彷彿看

到爺爺輕輕搖了頭，然後便往遠方飄去，越來越遠。不知道為何，那瞬間我才感受到真正的傷心。

　　長大後經歷了更多場生離死別，加上我本身在醫院工作，急診室跟安寧病房都待過，不知道是不是太常接觸生死，所以更頻繁看見靈魂。出現的時間都差不多就是人斷氣後的 3 ～ 5 分鐘，大部分的靈魂表情都不大好看，就像我小時候看到爺爺的表情那樣，有的一臉愁容，有的一臉哀怨，我幾乎沒看過開心滿足的靈魂。

　　有次安寧病房來了一大群人，陪伴即將斷氣的老奶奶。家屬們強忍著淚水，抱在一起，但同時互相叮嚀：「噓～不要哭唷，要讓奶奶靜靜地走。」約莫五分鐘，我看見老奶奶的靈魂坐了起來，表情空洞且哀傷，然後臉部有點抽動，像在啜泣。老奶奶慢慢轉了一圈之後，便飛出窗外。

　　不知道是否我過度腦補，為什麼我覺得她的哀傷神情不像是因為要離開人世，而是比較像是期望落空的樣子？是捨不得家人嗎？這時其中一位家屬說好可惜，奶

奶最疼愛的大孫子人在美國,趕不回來見最後一面。或許是這樣吧,想看孫子的期望落空,確實遺憾。

曾聽聞有此一說,耳朵是最後停止運作的器官,所以人剛死的時候,周圍的人不要哭出聲音,死者聽到你傷心的哭聲會不好受。

靈魂們悲傷的表情是不是因為聽到哭聲呢?但我看大部分的家屬都極力忍耐,不讓自己哭出聲來呀!

還有一次,一個婆婆因胰臟腫瘤惡化住進安寧病房,病危時也是一大家族都叫了過來,每一個至親都溫馨地撫摸婆婆的手。

婆婆的孫女孫子都紛紛喊著要奶奶安心,一路走好。大家一直說不要擔心,會過得好好的,希望她趕快投胎轉世,看到黃色亮光要跟著走,不要走丟喔。

五分鐘後,婆婆的靈魂坐了起來,沒有哭,但表情依然空洞,像是剛睡醒一樣,沒多久就默默地飛了出去,就像是對人世間沒有留戀不捨。

是不是我誤解了靈魂的表情?還是靈魂本質上就難

笑？為什麼從來沒有看過滿足開心笑著的靈魂？一直到離職我還是找不到答案，後來我換了工作，就很少再看見靈魂了。

就這樣過了幾十年，終於來到我面對死亡的日子。我一生未婚，也沒生子，只認了兩個我摯友的小孩當乾女兒。

我躺在醫院裡，戴著氧氣罩，漸漸感覺到自己生命力越來越弱，只能微微聽到乾女兒對她媽媽說乾爹沒心跳了，然後感覺有人拉著我的手，但後來拉動的感覺漸漸模糊，似乎自己消失在一片黑暗之中……這就是所謂的「空」嗎？

正當我這樣想時，忽然我清楚聽見我最好的朋友在哭，哭得好大聲。兩個乾女兒也哭著說不要哭啦，不能讓死者聽到啦，不然乾爹會有罣礙啦，我好朋友哭著說好好好，但越哭越大聲，最後三個人一起大哭。

啊，好悅耳啊，生前覺得這種哭聲好吵好刺耳，沒

想到這樣的靈魂狀態下聽到的哭聲是這麼好聽動人。好悅耳啊。

想到我這輩子匆匆忙忙地來一場，跟我有血緣的人都不在了，現在還有人因為我的死而難過大哭。總覺得……人生沒白活？我緩緩坐了起來，往窗邊飄去，夜晚的窗戶映照著我的臉，我看見窗戶倒映的這張臉，正在微笑。

若人生能夠重來，我會在我愛的人們離開時，聽力消失前，在他們的耳畔旁好好放聲痛哭。

Robbie 的創作靈感

　　從小就常聽長輩說不要在死者面前哭，死者會有罣礙，會無法瞑目，無法順利上西天。

　　我對於這種說法非常不以為然，覺得這是老舊觀念，我猜是因為古人怕鬼，即便是親人，死後成鬼，怕他們待在家中嚇人，所以以為安安靜靜地可以讓死者安心走，不要再來打擾。

　　但我覺得時代變遷，已經不是三代同堂的年代了，父母小孩間像朋友，但同時又有各自的事情要忙，甚至各奔東西，外地求學或工作而住在不同城市，平時可能不常見面。

如此一來，一家人能夠好好說上話，對一些事情有所感動，一起又哭又笑，也是一種幸福。

　　我和一些朋友偶爾談起這個話題，也覺得若最後一刻聽到重要的人的哭聲，心情應該會很愉悅，很寬心，能深深感受到：原來我在他們心中這麼重要。

　　所以，當你很幸運可以見到重要的人的最後一面，千萬不要忍住淚水，就放聲大哭讓他知道，讓他知道你有多愛他。

感謝當初這樣害我的人

　　十年前，我有一個幸福的小家庭，尤其是老婆剛生了一個可愛的小寶貝。

　　跟很多現代新手爸媽一樣，說是為了記錄但實則很想曬娃，所以我們每天都會在臉書瘋狂上傳嬰兒可愛模樣的照片。

　　某天，半夜起來沖泡奶粉，準備進房間時，眼前閃現不可思議的景象。我懷疑自己太累看錯了，趕緊躲在門後面想要看得更清楚。

　　我看到離世二十年的外公，溫柔的笑著撫摸著小寶貝。揉眼又捏腿之後，確認自己不是在作夢。外公生前最疼我，只是離開得早，我一直很懷念他。看著外公，我的眼淚不自覺的流了出來。

隔天一早，我們發現小寶貝發起高燒，燒了又退，退了又燒。就這樣折騰了快一周才康復。

過了兩周，深夜我洗完澡出來查看寶寶時，發現我的外公又出現了。

外公依舊慈祥著撫摸著小寶貝的臉頰，而我還是躲在門後偷看。雖然上次小寶貝發高燒，我暗自懷疑跟外公出現有關，但我不敢說出來，怕老婆生氣，也不想這樣懷疑外公。我還是感動地看著外公享受天倫之樂，擔心自己一過去打擾，外公就會消失。

隔天，小寶貝全身長滿疹子，看了醫生檢查不出原因，花一個多禮拜的時間才康復。

兩周後，我深夜加班回來，老婆在客廳看電視準備要睡，我一個人靜悄悄走進去房間，看見這次外公躺在小嬰兒旁邊，溫暖的眼神凝視著寶寶。能這樣看到我最愛的外公伴著我的寶貝實在很幸福。

我依然不相信慈祥的外公會害我的寶寶難受，然而，隔天一早寶寶就開始瘋狂大哭，哭得歇斯底里，怎

樣安撫都不停歇，連老婆都快受不了，不斷說要帶去做全身檢查，肯定哪裡不對勁，於是我終於忍不住說出看見外公來看寶寶的事情，老婆一聽，馬上帶寶寶出門去宮廟找法師。

法師一看就說小嬰兒卡到陰，還問我最近是不是帶他去墳墓等不潔之地。神經！當然沒有！但我老婆馬上就說對對對，就是遇到歹物仔，提到我外公出現的事。法師認為這很不妥，終究人鬼殊途。回家後我老婆把我痛罵一頓，說下次看見外公，一定要說清楚這樣會害到寶寶。

兩周後的深夜，外公又出現了，他輕撫著小嬰兒，想要抱起來的時候，我鼓起勇氣從門後衝出來，跪在外公前面，不敢直視他，說：「阿公，我真的很想你，也真的很愛你，我很希望你每天都能出現在家中。」
「可是自從你出現後，小孩子的身體變得很不好，希望阿公不要再來看他了！阿公！如果你在我身邊我身

體會變差我無所謂，因為有你在身邊我很幸福！可是我小孩跟我老婆是無辜的，請阿公諒解！對不起，我真的很對不起！」

最後我一邊哭一邊講，快要哭到語無倫次，抬起頭後發現外公早已消失不見。

然而小嬰兒的怪病仍然不斷而且更劇烈。老婆覺得再下去不行，要我趕快親自去外公的墳前拜拜，說不定是墳出了問題或者外公需要什麼，所以才會出現。

外公的墳葬在離島，而且是離島的離島，是一個隔雙周開放，而且還要看風向才有船班可以上岸的那種小島。我特別請了一周的假，風塵僕僕到了島上，等待船來的空檔我研究了一下船班班表，這一看不得了，心頭一震：每次外公出現在我家的時候，竟然真的剛好是船班有開的那天！

我們常常聽到逝去的親人來探訪之類的故事，常以為是他們是用飄的或者瞬間移動，但外公顯然不是，他必須等到船有開，順利搭上船，然後到了之後或許還要

再轉公車，再轉火車，然後再公車，如此披星戴月特地來看我的孩子。

　　而且說不定還得等日落之後才能行動，而這份心意竟然就這樣被我趕跑了！想到讓二十多年沒見的外公這麼辛苦奔波，讓我更加愧疚。

　　到了小島的墳區，我恭敬擺放一盤盤的祭品，插香禱念，好好的跟外公說說話，講起許多小時候與外公一起生活的點滴回憶。我看著墓碑上的外公照片，就和這陣子在家看到的一樣，容貌慈祥。

　　天氣很好，又加上小島風情，清風徐來，我瞬間忘記我來這裡的目的，還覺得自己是來放假，然後找外公敘敘舊的呢。

　　反正都來這麼一趟了，我順便整理一下墓園，割割草搬搬石頭時，瞥見鄰近墓碑上的照片，一眼看到是個小孩，嚇了我一跳，同情以及好奇心驅使，我走過去仔細看了一下，才赫然發現那是我家寶寶的照片。

　　我趕緊撕了下來，然後發現另一個墓碑上也貼了我

家寶寶的照片！我連滾帶爬地檢查整個區域的每一座墓碑，發現除了我外公的，其餘的都貼了我臉書上分享的孩子生活照，全都是！

看起來是用家用列印機印出來的，品質很差，大部分的照片已經被雨淋得有些模糊，我氣得一張一張撕碎，撕的時候才發現照片背後還有寫上東西，竟然是我孩子的名字、生日、地址，還有「忌日」！

所幸，忌日已過，沒有發生任何意外。

我又氣又震驚，我真的想不到是誰會做這種缺德事，因為我得罪過太多人了。回到家後，我立刻把臉書關閉，也不再上傳照片。自此之後，孩子的身體就日漸正常。或許，讓小寶貝身體不好的根本就不是我外公！

事隔十年，孩子大了，老婆也往生了。想到當年發生的事還心有餘悸，還會感到憤怒，對外公的愧疚感也依舊。

然而另一方面，心裡又常在想，感謝當初這樣害我的人，因為沒有他，我沒辦法再見到那個已逝多年的外

公；更不會知道可以把外遇的老婆的照片、生日、希望的「忌日」，廣貼在人家的墓碑上這種好方法，著實讓我賺了不少受益人保險金呢。

Robbie 的創作靈感

其實這篇故事的靈感來自好友 Sophia 跟我分享的真實經驗，有點感傷呢。

Sophia 的媽媽剛生下第一個孩子（也就是她哥）時，常常會看到已逝的外婆來偷看孫子，Sophia 的媽媽很開心能看到最愛的母親，可是每次外婆探望完後，小嬰兒都會不舒服很多天，一直嚎啕大哭，而且找不出原因。

於是 Sophia 的媽媽去廟裡拜拜，向神明問事，廟公跟 Sophia 的媽媽說人鬼殊途，令堂不應該再來。Sophia 的媽媽聽了很難過，但也只好跪地，對著天空放聲痛哭，要媽媽不要再來看孫子。

那天起，哥哥健康長大也不再出現什麼怪病。可是，從那天起，幾十年過去了，外婆再也沒有出現過。Sophia 的媽媽一直懷有罪惡感跟愧疚。

　　故事中說外公披星戴月，舟車勞頓這段也是真的喔，我到現在想起來都還會起雞皮疙瘩，甚至落淚。

　　Sophia 的外婆葬在外島，有一天她媽媽看了外島到臺灣本島船班時間表才赫然發現，每次已逝的外婆出現，都是船班有開的時候；若沒有，那晚外婆就不會出現。

　　也就是說，Sophia 的外婆並非瞬間移動這麼輕鬆來見孫子，而是費了千辛萬苦隨著船班，搭上船之後，可能還要轉公車，甚至徒步，風塵僕僕千里迢迢來見孫子一面，真的是感人又感傷。謝謝 Sophia 提供這麼棒的真實故事給我！

天堂地獄

　　有人說，人死後要往亮黃光的地方走去，那才是天堂所在。據說那是很高很高的地方，多高不知道，可能穿越地球？

　　更有人說，絕對不要跟死去的親友走，因為他們是冤親債主化身的，跟著他們走就慘了。但多慘也不知道，沒人經歷或現身說法過。

　　當我死的時候，確實看到一邊是亮亮溫暖的黃光，另一邊則是我爸媽召喚我。最後感性勝過理性，我選擇跟親人走。這樣的決定不知道正不正確，本來以為我會看到刀山油鍋或刀鋸銅鎖火牛火馬，但沒想到等著我的卻是……

　　非常非常寒冷，據說在地底下的深處。

我與爸媽住的地方暖氣要開很強。地府聽說溫度零下 135 度左右，所以暖氣費非常可觀，我與爸媽都要很認真的工作賺錢，要把大部分的薪水拿來購買暖氣用品，比在人間掙錢還累。不過很開心的是，我的爸媽還是同樣的爸媽，才不是什麼冤親債主。

　　爸媽的工作跟生前的差不多，都是與金融相關，而我則是從事衣服買賣。能跟自己心愛的家人繼續一起生活，死亡變得比較不可怕。但壞處是，不是累得像狗像馬，就是得忍受嚴寒。原來這才是地獄的懲罰。

　　某天，爸爸跟我說他就要去投胎了，我嚇了一跳！在人世，我們要面對最愛的人死亡；在地府，我們則要面對最愛的人投胎轉世。

　　投胎轉世在這裡如同死亡，甚至比死亡更徹底。在人世間，我們可以透過拜拜，或者透過通靈想念另一個國度的死者。但在地府，一旦投胎，就真的是再也沒有瓜葛，不會被記得。

　　當爸爸要投胎轉世時，我哭了好久好久，因為這次

是真的、真的，永遠無法再相見了，不會再有聯繫。

　　不久後，連我媽媽也要投胎轉世了。我真正覺得徹底成為孤兒，天地之間沒有任何依戀。地底這麼冷，工作壓力又大，沒有認識的親友可以訴苦，我整天在地府痛哭，得了憂鬱症。

　　地府的關懷訪視人員問我說，要不要上天堂？畢竟我生前還是有累積的福報。我想起了死亡時最初看見另一頭的黃光。

　　關懷訪視人員說還是有很多人覺得在地府太痛苦，後來回頭選擇上天堂哩，只是要重新買選擇券就是了。

　　我在地府工作了不少時間，存了一些積蓄，應該可以買得了選擇券，然後重回黃光懷抱吧。天堂……極樂世界……無欲無求……不用再參與輪迴，不用再工作，不再這麼冷，我開始心動……

　　想到生前讀大學時修過生死學這門課。超級佛教徒老師跟我們說，西方極樂世界裡再也沒有任何欲望，不

用進入六道輪迴，這境界才是最棒的。那時年輕氣盛的我聽到之後，馬上舉手表示反對，我認為身而為人很幸福，可以體會七情六欲，沒有欲望的極樂世界實在無聊死了。

那是大學時期的我，等到我開始面臨身邊的人步入老年，生命凋謝，就開始知道去西方極樂世界或者無欲無求的天堂的好處。

真的……我受夠了輪迴，受夠了生離死別，更受夠了一直工作！

我把我所有積蓄準備好，交給了地府的海關人員，確定要前往天堂，不再參與輪迴，更不用在冷冷的地府不斷的工作。

我開始慢慢地升天，同時也開始感受到溫度上升，越來越溫暖，地表樣貌越來越豐富，然後我看到了人類的世界，看到了海洋、高山和眾多島嶼，繼續往上升……我飛到天上，看到黃色的光，開始跟著光走，好溫暖、好舒服……

……好像開始有點熱。

我好像看到太陽了，等等，真的有點熱，

啊好熱！
啊好燙！
好燙燙燙燙燙燙燙燙啊啊啊啊！！

啊啊啊啊啊啊啊啊啊啊啊啊！

啊啊啊啊
啊

無欲無求，不再輪迴，灰飛煙滅。

Robbie 的創作靈感

　　這篇故事其實我壓了很久，不敢在 ptt 發表，怕大家覺得這太惡搞了，會被噓爆，可是其實我很喜歡這篇。

　　常常聽人說死亡時要跟著光，不要跟著已逝的親人走，那些其實是冤親債主。我聽了很傷心，因為大部分的人死亡的時候可能都會很恐懼，看到熟悉的親人一定會想跟著走吧，而且看到久違的親人，想必開心都來不及了，怎麼可能還要再次撇下離開呢？

　　況且冤親債主到底為什麼要花這麼多錢給地府化妝師讓自己打扮成冤親債主呀？這麼無聊。明明人死後，曾經一起開心生活過的親人來迎接，是多麼溫馨

感人的事啊。所以我這篇的靈感及動機，來自我對這種說法的不甘心。

　　不過雖然如此，我還是把地府設定得很不美好。生活在地府，除了很冷，還是要工作，而且暖氣費很貴，所以要更拼命工作，跟生前一樣，甚至更辛苦。

　　進入地府也不會「一輩子」，因為時間到了，還是得去投胎轉世，所以我們又得再經歷一次生離死別，而且真的重新洗牌，記憶都被抹除，徹徹底底的離別。

　　但難道天堂就很美好嗎？不，我是裸比耶，所謂天堂的光，沒有在開玩笑的，就真的是太陽的萬丈光芒呀，直接燃燒殆盡，灰飛煙滅啊。

　　你要哪一個，永遠消失沒有意識，還是繼續輪迴轉世？

存在的意義

　　一直以來我都是單身主義，也享受這種一個人的世界，想跟誰曖昧，做愛都是自由的。

　　但隨著年紀的增長，重要的親人離我而去，身邊的好友當年有孩子的，也常常曬出闔家歡樂出去玩的照片。雖然我還是喜歡單身，但有時候還是有些孤單。

　　後來無意間發現了一個臉書社團，與我的生活宗旨相去不遠，加入的人都提倡單身主義。剛剛說這個社團的理念跟我很像，例如上面提到，很多人以為單身的人最後都會孤獨死，屍體發臭了才被發現，晚年會多悽愴。但是，社團裡的人都不這樣認為。

　　我們都覺得有伴以及有婚的人，其實才煩惱一堆：擔心留給孩子的錢不夠，擔心他們爭家產，遺憾看不到

誰成長，遺憾看不到誰結婚，遺憾活不夠老可以當阿祖……一大堆擔憂。

　　成家立業的人生前一堆煩惱，死掉的時候又可能抱著許多的遺憾。

　　單身的人可不一樣！死前毫無牽掛，不會遺憾，因為他在意的人都已經在另一個世界等著他了。即便屍體兩周才被發現，但其實他們是無牽無掛離去的。這就是我們單身主義推廣以及嘗試想說服大眾的想法。

　　我們這些人開始不限於網路上聊天，還會約出去玩，真的交了一群新朋友，一群單身中年朋友。雖然中間有些人可能會短暫談起戀愛，有的可能會約會、擁抱，就像情人那樣，但最終大家都尊重且認同每一個人終究還是一個人，分手也不難過。我們內心就是喜歡單獨與自己相處的人，朋友是點綴，愛情是加分，但大多時間還是最喜歡一個人。

　　隨著年歲流逝，我們這社團幾十人的朋友圈，也相繼一個一個走了，我們難過，我們懷念，我們會去上香

或獻花。我從小身體不好，一直以為我會早早離開，然後被大家緬懷。圈子裡原本有幾十人，然後剩十人，最後剩個位數，沒想到我竟然是活最久的兩個人之一。

另外一個人是小美。

當剩下我和小美，我們更珍惜彼此，反而兩人的時光變多，聊天時間變多，也積極關心彼此，每周約兩三天出來吃飯或去哪裡散步走走，也會花越來越多的時間聊起過去的故友，看著舊照片，想想往事。

就在某個寒冷的冬天夜裡，我到她家一起吃晚飯，開暖氣喝點紅酒，身體暖和了，正打算要離開時，忽然屋子停電了。我與她摸黑手牽著彼此，忽然產生一種相依相伴直到永久的眷戀念頭。

正在這樣想時，眼前忽然出現淡淡綠色的煙霧，煙霧慢慢聚集形成人影，樣子越來越清晰，變成了那些已經死去的單身主義社團的朋友們。

我們瞠目結舌，嚇到說不出話來，彼此手握得更緊。那些死掉的朋友輪廓越來越明顯，慢慢從煙霧中傳

出說話聲，他們跟我們道謝，說因為另一個世界裡，只要在第三度空間越多人想念，他們就會過得越好。

　　而沒人想念的，就會過得越差。與道教拜祖先好像異曲同工之妙。因為大家都單身，原本想說想念他們的人不多，但還有我們這些朋友們的思念，他們也就過得還不算太差。寒冷的夜晚與故友重逢，雖然一開始有點可怕，卻也相當窩心。

　　經過這一夜與故友的重聚，聽了他們的話，小美和我雖然都沒有明說，但似乎我們的關係產生一些變化，小美特別明顯。

　　我其實也在想，現在只剩下我與小美了，根據那群故友的說法，那麼誰最後死，斷氣那一刻，將永永遠遠被世人遺忘了。接下來幾天傳訊息給小美，她都沒有回應，完全沒有讀，我就猜到她決定要搶先了。聽當地里長講，因為完全找不到家屬，所以是請警方破門而入，才知道她已經上吊。這下我真的是一個人了，這個世界再也沒有人記得我，想念我。

但算了，反正另一個世界有親朋好友等著我。沒有這個世界的人照應，至少另一個世界已故的親友們不會棄我不顧吧。

　　離開的時間終於來臨，我原本做好心理準備，坦然接受到另一個世界要面臨一無所有的貧瘠窘境，然而當我到達了另一個世界後，發現我可以領收的第一份物資清單，竟然比其他人還豐富齊全。

　　真是太讓我意外了，怎麼會這樣呢？我往鬼差給我的燒化領收報表一看才知道，原來許多沒聯絡的學生時代同學、沒聯絡的同事、好友的孩子們、以及我在網路上發表文章被讀者存留下來，我的臉書上設公開的貼文，很多有意義的文章也持續被大家轉發……我依然被一些人念記著。

　　哇，這感覺真好。我人生這一趟來得很有意義啊。

Robbie 的創作靈感

　　死亡一直都是禁忌話題，而且是大家害怕面對的。我會寫這篇的靈感來自我一向是單身主義的人，但我很怕將來我孤獨死，兩周後被發現時，大家都會用悲觀的論調評價我，說因為我單身沒有小孩，所以晚景淒涼。

　　但死掉的人不見得覺得自己淒涼啊，不需要因為最後人生謝幕的那一刻不符合別人的期待，就否定了那個人這一生的快樂。

　　我想表達的是，人世間來這一遭，你做了什麼，完成了什麼，這才是最重要的。

人生短暫，希望大家都能對自己留在這世上的成就或是印記感到開心與滿足的同時，也讓別人開心。

前女友
系列

你前女友真衰

　　小陳幾年前失戀，每天借酒澆愁。我帶他去健身房，看著整排的啞鈴，跟他說從四磅開始舉，等你可以舉到48磅，就會一堆女人來愛你了。

　　果真，不用48磅，練到一半的磅數，加上飲食控制，勤健身，現在的小陳已經是肉壯男，一堆女人超哈他的。不管是在公司，或者聯誼會，或交友軟體，小陳到哪裡都吃得開，都不知道玩過幾輪。

　　小陳看著鏡中的自己，覺得長得帥，身材又好，根本就是天菜。他想起當年甩掉他的女友，分手後竟然一點訊息都沒有，連新年或生日傳送訊息給她，也都完全不回應，猜她已經封鎖自己了。

　　小陳忽然心有不甘，決定上網搜尋看看她的近況，

反正⋯⋯小陳是真的走出失戀了，覺得現在生活美好，可以很堅強很坦然面對看到前女友的任何消息。

　　然而前女友的不回應出自其它原因。

　　小陳發現前女友的臉書已經變成紀念帳號，從貼文紀錄完全看不出來是什麼原因離去，她朋友們的緬懷留言中也完全沒有提到死因。

　　回想兩人曾經相處的甜蜜日子，小陳心裡又甜又苦，當時她狠心甩了他，說不定真相就像無腦偶像劇演的那樣呀，主角知道自己病重即將離世，所以狠心推開愛人，兩人因誤會而分開。

　　小陳開始沉溺在往日舊情並自圓其說，決定親自去靈骨塔上香。

　　靈骨塔裡陰陰暗暗的，小陳找半天終於來到前女友的塔位。他看著她的照片，對她說了些話，然後忽然覺得自己現在過得真的很好，想要把自己的好也分享給前女友，於是就在前女友塔位前上衣脫掉，露出性感肌肉，並不斷看著前女友的照片，問說自己是不是現在很

高很帥很壯，大家都說我是天菜呢。

　　不知道是不是一種彌補心態，總之，小陳心裡很得意，一點都不在乎在冷颼颼的靈骨塔裡袒胸露乳。

　　當天晚上睡覺時，小陳夢到自己被一群人性騷擾，有男有女，有的摸他隱私處，有的摸胸肌，有的摸臀部，有的用嘴挑逗他，全身上下都被這群人的手跟嘴摸遍了，雖然觸感冰透透的，但是夢中的小陳覺得很舒服。醒來之後，小陳體悟到那些男男女女肯定是被他的魅力吸引，從靈骨塔跟著回來的。

　　連鬼魂都為他著迷，小陳心情得意極了！但他心愛的前女友呢？那個為了怕他擔心所以甩了他的前女友呢，如果看到她，他一定要讓她好好享受一下他現在的性感胸肌呀。

　　第二天，小陳再度做一樣的夢，這次前女友現身了！小陳被眾人摸到一半時，看見前女友就站在前方，表情厭惡。

　　夢中醒來，小陳還是覺得很舒服，通體舒暢。只是

那個前女友的表情，讓他整天耿耿於懷，難道她是在吃醋嗎？還是在害羞？

第三天小陳再度做著同樣一堆人愛撫的夢。這次前女友也站在前方，但惡狠狠大喊說：「你真令人作噁，沒想到死了還會見到你，竟然還在我面前跟這群鬼多P，要不要臉，給我滾！」

小陳被罵完就嚇醒了，頓時覺得很委屈，然後惱羞成怒。劇情逆轉，原來前女友完全不想念他，而是繼續討厭他。

討厭就算了，小陳更生氣的是前女友還打擾眾鬼愛他的時光！前女友這麼機車一定是因為沒有被人好好寵愛著，沒有享受過他現在眾人眾鬼愛戴的感受！

於是小陳隔天一早便衝去靈骨塔，他看遍了那層樓所有塔位的遺照，歇斯底里的把上頭是醜男照片的骨灰罈全都敲破，蒐集了十個左右，然後又去敲破前女友的骨灰罈，把那十個醜男的骨灰一起放進去，抈抈咧，然後蓋上骨灰罈，塞回塔位，就氣呼呼地離去。

當晚，他夢到前女友被一群醜男抱著，前女友崩潰大哭嘶吼著：

幹！你這爛人！我做鬼也不會放過你！

小陳自從那天後，每天都很愉快，吃好睡好。他今天口沫橫飛跟我講這事時，我只覺得……

你前女友真衰。

Robbie 的創作靈感

　　這篇靈感並非來自前女友，甚至不是來自一個人，而是我哥哥養的一隻兔子。

　　兔子有一天突然猝死，長輩當年還沒有寵物靈骨塔的概念，所以我與哥哥只好偷偷拿私房錢去買了塔位。挑塔位的過程，我開始擔心這擔心那，例如，兔子塔位旁邊是狗，會不會被狗咬啊？買高一點的塔位，會不會兔子害怕下不來且有懼高症呀！初始靈感來自於這裡。

　　後來就想到人。

　　人死後住在靈骨塔，會不會也會碰到討厭的鄰居呢？其實想到這邊就很恐怖，不管生前住多大的房

子，多有自己獨立的空間，死後卻要待在一格一格的塔位，強迫自己跟上下左右做鄰居。

又後來想到，若生前都把親友的塔位買好，以後住在一起也是好事，但是又覺得很不吉利，誰會先買呀，搞得好像被詐騙。總之，這就是我對靈骨塔一格一格的眾多發想。

另外，我覺得這也是一個認真向上（只是有點歪掉）的故事啊！文中的男主角是一個被甩的人，後來因為勤奮健身，變成肌肉男，有自信到在靈骨塔展現自己的身材。

雖然荒唐，但比起一直活在失戀中，也不算是一件壞事。我想表達的是，當我們發生一件氣餒的事情，我們要如何化悲憤為力量，讓這件事情發生是有意義的，這樣就值得了。如同文中的小陳因為失戀開始健身，現在就變成人見人愛的芬哥，但若沒失戀，或許還是一個平凡庸庸碌碌的人。

裸照

　　小蓉與美國籍男友熱戀之後，幾年前嫁去美國的沙漠區，過著幸福快樂的日子。其實小蓉什麼都不缺，男友對她體貼入微，但從我讀五專時認識她以來，見識過她患有嚴重「前女友症候群」。

　　她自己也承認，她討厭所有交往過的男友的所有前女友。雖然很多人也都這樣啦，但小蓉真的是超難放下的，就算分手後依然，更何況現任。

　　小蓉老公的前女友也是華人，英文名字是黛比，但小蓉都叫她賤婢。小蓉嫁過去幸福，但只要聽到或沾到任何有關賤婢的事情，都會發火暴怒而且極度傷心，疑心病變得超重。

例如，看到廚房一張黑色椅子上有一點點白色液體殘留痕跡，小蓉就會自動腦補，認為這一定是賤婢跟老公之前在廚房進行性行為所留下的，就會心情不好一整天，周圍的人都會掃到颱風尾。

　　有一天，小蓉無意間發現老公電腦裡存有一張前女友的裸照。是自拍，露出自己曬太陽的成果。全身黝黑的肌膚，唯獨乳房因穿著比基尼遮陽的關係所以白嫩嫩的，形成強烈的對比。小蓉立刻把照片轉存出來到自己的手機中。

　　沒多久，小蓉去拉斯維加斯出差，案子談完了，晚上無所事事又不想上賭場，想說來點刺激的，於是打開了交友軟體，上傳照片時滑到賤婢的照片，「前女友症候群」發作，壞念頭生起，便放上了前女友的這張裸照，決定大肆散播賤婢裸照。

　　原以為這種裸露照片會馬上被下架，但可能那個交友軟體的偵測把曬黑曬痕的部分當成是泳裝吧，所以安全成功通過了。

　　自介內容呢，小蓉就寫說想約炮，我很醜但我很溫

柔之類的話。小蓉原本的目的只是想散播對方的裸照達
到快感，誰知道上傳後五分鐘內，她就收到了超過 200
則的邀約。

「妳好性感。」
「想上妳。」
「哈囉，性感女神。」
「我離妳不遠耶，請妳喝酒？」
「看妳的照片就讓我充滿性欲～」

　　原本只是單方面想惡搞，想讓賤婢不堪，沒想到
小蓉聽到大家對賤婢如此的讚譽有佳，反而心裡極度嫉
妒，讓自己更憤怒。
　　小蓉氣呼呼地傳訊回說，哪裡美，你瞎了嗎？之
類反駁的話，不過邀約跟誇讚訊息不斷，小蓉根本回不
完，最後決定宣告放棄，正要移除軟體時，她瞥見其中
一條訊息不一樣：

「好醜。」

「好噁心。」

「醜到想殺了妳！」

　　小蓉嚇到了！天啊，遇到瘋子了嗎？那個人又傳了新訊息，是一個地址。「妳就住在這裡吧？」小蓉一看，不是拉斯維加斯旅館的地址，不過感覺超恐怖的，她起身巡視窗外，把所有的窗簾都拉上。

　　當她拿起手機想要查一下那個地址時，那個人又傳了訊息，是一張照片。

　　是賤婢頭髮被拉扯的照片。小蓉還沒反應過來，對方又傳了一個影片，是一群黑衣人撞開門，門裡的賤婢嚇得尖叫，要逃跑，結果頭髮被往後扯，其中一個黑衣人拿把小刀割喉的影片。

　　賤婢喉嚨噴了大量的血，身體不斷抽搐，脖子被割破的地方除了大量的血湧出外，還發出一種微弱卻可怕的聲音。

　　不是尖叫，就是被割喉後，從身體發出的一種刺耳

聲音。隨後倒地，流著血，眼睛睜大，流出眼淚。

小蓉嚇壞了，她把手機甩到床上，完全不可置信，她說服自己這只是惡作劇，懲罰她亂散播裸照。她馬上刪除軟體，還有照片和影片，全身發抖了一整夜，隔天馬上搭飛機回沙漠區的家。

回家後小蓉一直留意有沒有女人被割喉殺害的相關新聞，但同時又一直說服自己那只是惡作劇，沒有必要花時間去查證。

三天後，老公交往多年的朋友來家裡拜訪，吃飯喝酒後朋友不經意地提起他們兩人共同的朋友黛比的慘案，說不知道為什麼突然那晚被人割喉，慘死家裡。

警察目前毫無頭緒，正在追查可疑人士。小蓉聽到後摀住嘴巴，不停流眼淚，六神無主地喃喃自語：「為什麼會這個樣子，是我的玩笑鬧太大嗎？我平常真的不是這個樣子的人，到底該怎麼辦才好，我真的不想要害人呀，會不會追查到我身上呀？」

正這樣擔心煩惱時，忽然她聽到好大的「咚」一

聲，把她嚇了一大跳，轉頭一看，她老公跪在地上，雙手扶地。

聽朋友的描述，她老公當時一聽到消息就無神地站起來，走了幾步，就無力地跪了下來。

小蓉看著他跪地瘋狂大哭，如喪考妣，一個大男人癱在地上，眼淚鼻涕如洪水般滾滾流下。

兩年前他媽的她媽離去都沒看他這般難過。小蓉一肚子火上來。

幹你娘，死好。

Robbie 的創作靈感

　　我有一個五專認識的摯友，現在已經移民到美國加州，過著幸福快樂的人妻日子。她唯一的憂愁就是她有嚴重的前女友症候群。

　　畢竟為了男友，把一切都放下搬去美國和他生活，而且住的地方還是男友跟前女友同居過的地方，所有的家具，所有的擺設，所有前女友碰過的一切都是如此的不順眼。

　　而且前女友還是住在同一個鎮上，偶爾日子不順時，就會想說自己為什麼要為了這個男人來美國。

　　有一天閒暇無事，她開了男友的筆電查看他的

gmail 信箱，竟然發現他與前女友多年以前的通信紀錄中，夾了一張裸照。

當時我朋友看了心裡極度不舒服，腦中產生要拿這張裸照大作文章的念頭，還好後來沒有，不過給了我這篇故事的創作靈感。

我最喜歡這篇故事部分是女主角的心境轉化，一下自責，一下憤怒，一下又火大，看到老公反應之後落井下石，我覺得這完全是人性的展現呀，我朋友看了也相當滿意，覺得我用文筆實現了她的願望呢。

對你愛愛愛愛不完

　　我的女友前陣子意外走了。頭七那一夜，我選擇在靈堂守靈陪她，感謝摯友小陳也來陪我。

　　守靈的時候，心情鬱卒的我開始喝起酒，看著遺照，看著蠟燭搖晃，以及黃布蓋住的棺材。

　　雖然不害怕死者，但我很害怕這樣的氛圍，風吹動燭火，整個靈堂各種光影動來動去，好像什麼東西要跳出來一樣。

　　我喝著酒，一邊給自己壯膽，一邊想讓氣氛輕鬆一點，於是我開始跟小陳講起我與女友的床笫故事。

　　男生嘛，就會想要誇耀一下，我說女友曾經在床上跟我說，我的性能力一定比郭富城好。她說，〈對你愛不完〉這首歌的歌詞中「對你愛愛愛不完」那個愛愛

愛，其實是女生呻吟的隱喻。

　　郭富城只能讓女人「愛愛愛」呻吟三下，可是我呢？可以讓她多呻吟一下，對你愛愛愛愛不完～

　　喝了酒的男人果然愛講五四三，小陳在旁邊苦笑，說我醉了，安慰我說不要太難過。

　　突然，蠟燭滅了。

　　不只是燭光閃爍，這下連燈泡光也在閃爍，然後竟然慢慢昏暗下來，我的酒意被嚇到消失了。

　　小陳抓住我，指向一處，順著他的視線，我看到蓋在棺材上的黃色布微微拉開，飄出了兩個靈體。仔細一看，一個是我女友，一個是看起來就像是廟中的塑像，我猜應該是鬼差。

　　女友看起來臉毫無血色，但美麗依舊，整個人更白淨了，美得不可思議。鬼差雖然青面獠牙，但說起話來蠻有禮貌，就像大公司的業務一樣，很周到的跟我們打招呼之後，說準備要帶走女友了，說我們有一分鐘的時間，好好把握機會，訴說彼此最後的思念。

美得像女神的女友，巧笑倩兮對我說：「對你愛愛愛愛不完。」

　　我聽了也笑了，眼淚不停的落下。

　　剛剛還有些懷疑這是個整人鬧劇，心想這太惡劣了，開這種低級玩笑。但此刻我真心相信這一切，這是只有我們兩人知道的甜蜜小暗號啊，而且女友竟然在這麼珍貴的一分鐘打這個暗號，果然對我很滿意啊。

　　接著，鬼差親切的指著小陳，問我女友有沒有想要對他說的話。我還滿心陶醉著彷若世間僅有兩人甜蜜，一聽鬼差的話便滿臉狐疑轉向小陳，我看見女友轉頭看向小陳，說：

　　「對你愛愛愛愛愛愛愛愛愛～～
　　　愛愛愛愛愛愛～～
　　　愛愛愛愛愛愛愛愛愛～～
　　　愛愛愛愛愛愛～～不完～～」

Robbie 的創作靈感

我很喜歡聽老歌，這篇的靈感完全就是來自於某天午夜聽了〈對你愛不完〉這首歌的發想。小時候很中二，很喜歡唱這首歌時，故意把歌詞的「愛」改成「幹」。這篇算是長大後學著收斂一點的屁孩的新版詮釋？

我從小就害怕靈堂，不知為何的恐懼。我把我喜歡的歌，與我所害怕的元素，搭配我愛的情色部分，融為一體變成這個極短篇。

雖然這篇當時 ptt 大家很愛，可是現在可能就會覺得我把低級當有趣了，所以基本上我應該一輩子再也不寫這種故事了。（編輯說不可以）

臉皮

　　我與女友分分合合，大吵小吵不斷，分不開的原因是她常常會情緒勒索。

　　這次我下定決心跟女友分手了。而她也真的吞安眠藥死掉了。遺書裡面提到，請把她的臉皮割下來，頭七當晚要放在我赤裸的上身一整夜，她才會甘心瞑目，轉世投胎。

　　怎樣的人會有怎樣的父母。她父母竟然照做，真的請大體老師割下自己女兒的臉皮，還要求我配合，是要求喔，不是請謝謝對不起拜託拜託，真是有夠厚臉皮！

　　他們嚴正警告，若我不履行他們女兒的遺願指示，他們就要對我的人格進行一系列的毀壞報復，一定讓我後悔。

無可奈何，反正就一夜。

　　我和他們說清楚講明白，一夜過後就要說話算話，不能再來騷擾我，她父母同意了。於是前女友頭七當晚，我穿著內褲，躺在床上，把那張被割下來的臉皮放在我赤裸的上身，冰冰涼涼的。

　　配合前女友父母的要求，我開著視訊讓他們監看。監看的同時，她父母還不斷地對著視訊裡的臉皮說話，一邊問彼此，是不是剛剛表情動了啊，女兒是不是笑了呀，女兒是不是胖了呀。我躺在床上翻白眼，期待黎明趕快來臨。

　　臉皮涼涼的，就像開著冷氣，體感很舒服，沒多久我眼皮就沉甸甸，熟睡去了。早上起來後，我幾乎完全忘記這件事情，但看到身旁手機的視訊畫面停格，上頭兩張臉笑咪咪的，我下意識馬上往身體一摸，竟然沒有摸到那層皮！

　　臉皮掉了！糟糕，他們會不會認定這樣不算數，又要我再放一夜？

我摸了摸身邊兩側，發現也摸不到臉皮。會不會臉皮太薄，被冷氣吹走了？這時候我忽然覺得他們的笑臉太詭異了，再次摸了一下我的身體，哪裡怪怪的……我衝進去浴室對著大鏡子，看見那女人的臉皮竟然已經滲透到我皮膚了，跟我融為一體了！

　　更具體描述就是：我的乳頭變成她的眼睛，我的肚臍變成她的嘴巴。

　　不是跟你開玩笑，真的幾乎是一模一樣。稍微遠一點的距離看就可以看出那是我前女友的臉，不蓋你，朋友和家人都說很像！

　　好險對方死掉的時候面容沒有太恐怖。但我很憤怒，因為我無法自行處理，乳頭跟肚臍都是脆弱的部分，我不可能自己拿刀割。

　　我對我的身材如此自豪，現在要我帶著這麼怪這麼醜的身體去醫院或任何展示我現在樣子的場所做檢查或手術，我真的做不到！

　　我真的氣哭了！炮友們全部離我而去。他們不敢舔

我乳頭啊，彷彿在舔我死去前女友的眼睛，又不是胡適的媽媽。

我開始自暴自棄，不上健身房，也不再上傳赤膊肌肉照放上 IG 了。

有一天晚上，我一個人在深夜的公園散步。夏夜特別悶熱，又下了場雨，淋濕了衣服，我看四下無人決定脫掉上衣，想要涼快一下。

才走沒幾步，從樹叢間跳出一個拿刀的人向我勒索，我說我沒錢，只是出來散步，什麼都沒帶。這個人不相信，作勢想砍我。

亮晃晃的刀子砍過來的時候，我身上的前女友臉皮竟然與我身體分離，跳了出來想嚇阻對方，不過還是挨了一刀，把搶匪嚇了一大跳。

我見狀，馬上趁這個空隙快速跑走，跑得好遠好遠，跑到家附近的十字路口後，我低頭看了一下我身體，意外發現恢復正常的樣子了！

胸部的線條跟以前一樣性感，肚臍也很口愛。我終

於脫離噁心的前女友臉皮了。

　　說真的，我並不感謝她的拔臉相助。你或許會覺得，她救我一命耶！乍看是如此，但你想想，若沒有她卡在我身上，我今天根本不會失魂落魄的在公園散步，而是在健身房赤膊上身舉啞鈴，一邊秀身材，一邊跟其他女生調情耶。那本來就是她應得的報應！

　　我開心雀躍地往家裡的方向走，打算把這件事拋到腦後。拿出鑰匙時，卻突然心裡怪怪的，覺得有點感傷，於是我的感性還是把我拉了回去。

　　我回到公園，找了許久，終於在地上找到了那張被割傷的臉皮，靜靜地躺在草叢。檢視傷口時，我竟然一點點感動。

　　一直以為這只是張臉皮，是一塊將我變醜的詛咒，但沒想到其實臉皮是有生命的，前女友一直都在，只是靜靜的不出聲，默默陪在我身邊，與我朝夕相處。感動之餘，我抱起她，把她放回我的身體裡。這次是我主動，心甘情願。

兩個月後，我決定要踏出去，既然是我自願與臉皮女友共存，我就要練習不逃避，要自豪地帶著這個身體做任何事情，所以我選擇了去浮潛。

　　我看著水底風光，感覺心情好了很多，想像不同的人生有不同的生活方式……浮出水面後，我自信地挺起胸來，一步一步踏實地走到岸上，然後我開始發現周圍的人全都閃開走避，還有人害怕地尖叫，伸手指向我的身體。

　　我看了一下臉皮女友，發現她的眼睛（也就是我的乳頭）上吊，呈現大片白色，然後她的嘴巴（也就是我的肚臍）一直冒出白色泡泡，口吐白沫。

　　我臉皮女友溺死了。

　　這次她真的死了，部分的臉皮皮膚逐漸脫落，剩下的我去整形診所用雷射點掉，每一天我都會用去角質的布，輕輕刷洗殘餘角質。

　　終於，我的乳頭和肚臍在兩個月後恢復了人氣。

Robbie 的創作靈感

　　每當照鏡子時，我都會覺得自己的乳頭跟肚臍很像眼睛跟嘴巴，而且是一張表情很蠢呆的臉，這就是我創作這篇故事最初的靈感來源。

　　至於為什麼最後安排臉皮下水溺死呢，則是因為我學生時代去墾丁時，肚臍長了一個痘痘。

　　當我從海水起來，要回岸上時，這顆痘痘突然變得又大又腫，可能碰到海水感染吧，痘痘竟然噴出一堆膿，不是擠青春痘的那種等級喔，是真的像湧泉一樣噴出。

　　畫面太經典，印象深刻，一直覺得噁到太獵奇，

想說哪天要安排到創作裡，於是就有了〈臉皮〉最後溺死口吐白沫的結尾鏡頭。

　　另一方面，我很不喜歡以死情勒，用極端手段威脅不要分手，或者是死纏爛打的感情，所以「死去的女友臉皮變成在身上的詛咒」也算是我對這種行為與做法的看法。

　　若一方為愛自殺了，這些事情一定會影響另一個人，或許表面上若無其事，但其實身體還是會留下陰影的。

墓

　　我和女友是遠距離戀愛，每年西洋情人節和七夕情人節，我都會特地去新竹找女友。今年我特別多請一天假，還預訂了某間浪漫的汽車旅館，想一起甜蜜慶祝。訂金付了之後網路爬文，才發現這家汽車旅館發生過凶殺案。農曆七月選到這間，一開始女友覺得怪怪的，有點想退訂，但很顯然她多慮了。情人節當天這間旅館大爆滿，附近其他旅館民宿也都沒有空房，所以我們也別無選擇。

　　我們訂的是 1,500 元房型，浴室是有落地窗的，往窗外看去是景觀設計過的小庭院，靠近牆邊有兩個小小的紅磚瓦造景，裡面則是種滿樹。這樣古色古香的設計感滿浪漫的，我和女友都滿喜歡的。

因為去其它景點玩太晚，交通耽擱，所以當天入住旅館時已經晚上九點。我先放好熱水，叫女友一起來泡，她要我把窗簾拉起來。

我跟她說，外面就是造景庭院，沒有人看得到啦，幹嘛要拉起來，而且這種落地窗只會映照自己，窗外就算有人跑進庭院，從窗外根本看不到裡頭啊。我就是喜歡窗戶像鏡子一樣，照映著我倆胴體啊，多刺激呀。

好啦，她的不重要，我就想一邊泡澡一邊欣賞自己的身材呀。但女友堅持不要，覺得很沒安全感，說如果拉開窗簾她就不一起泡。好吧，情人節不吵架，為了愛，只好妥協。

泡完澡之後，我把水放掉，然後把窗簾拉開。一拉開瞬間，我與女友同時尖叫，我們看見一男一女趴在落地窗外盯著我們看，只看得見上半身，下半身是透明的，且腹部斷裂處有鮮紅的血持續湧出來，非常可怕。

也不知道在那裡看我們看多久了。女友氣到想要退房，可是我極力勸說她，現在是農曆七月，有鬼很正常，更何況他們是趴在窗外看，沒有爬進來到房內，所

以也還好吧，不要大驚小怪。

　　我真覺得我女友智商有夠低的。之前不就說那種落地窗只會照映到自己，在窗外根本看不到裡頭好嗎？那就代表那一男一女的鬼，其實跟我們在同一個空間，不是在窗外。

　　但我也懶得說破，比起這時候騎車趕回到她新竹的家，我寧願住在有鬼的旅館。於是我好說歹說，說如果這時候摸黑上路，會遇到更多的鬼。

　　我女友冷靜下來，覺得我說的對。終於勸服她留下，我把窗簾拉上，玩了一整天真的很累，所以我們兩人很快就呼呼大睡了。

　　隔天早上，我再次被女友的尖叫聲嚇醒。她從浴室衝出來，話都說不出來，於是我走去浴室看，這下我是真的嚇到了。

　　我不是說落地窗看出去的景觀庭院牆邊有兩個小小的造景嗎？白天才看清楚那兩個小造景竟然是兩座墳墓，更可怕的是它們竟然從牆邊移動到窗邊，簡直就是

貼在窗上！

我們氣呼呼的請旅館人員來看，他們也嚇傻，因為這、不、可、能呀！我說我不要求退費，但我必須知道事情的來龍去脈！旅館人員試著搬動造景，卻發現兩座墳墓像生根一樣根本移不動。

他們找人來開挖，發現造景下頭埋了兩具棺材，一男一女，女屍的棺材已破損，而且屍體跑到男屍的棺材裡了。兩具屍體雖然沒有下半身，但是上身的骨頭貼在一起，彷彿兩人抱在一起，側臉看著彼此。

我想，他們在這裡應該看了不少活人做愛的畫面，多少也產生了性慾吧？我真榮幸自己的胴體如此性感到能讓他們也產生性慾。真的是功德無量耶，或許這也是消業障的一種方式。

回程的路上，可能因為假期輕鬆的氣氛（還有旅館補償我們的豪華住宿券），我們漸漸忘懷這件恐怖的事情，開始當作個笑話來聊，女友還開玩笑跟我說，那她

以後要葬在軍人專用的公墓，這樣她就可以跟一群壯碩的軍人夜晚開心，夜夜笙歌。

我聽後翻了白眼，然後翻車了。

她父母靠關係，按照女友的遺願讓她葬在國軍公墓裡。她父母自然對我很不諒解，但我對於她父母堅持完成她的遺願更感到不可思議。這件事之後，我與她家就沒往來了。

直到發生了怪事。隔年的清明節假期，有天我看到電視新聞上說一群人去國軍公墓掃墓卻找不到墓，還有一堆墓竟然移到了馬路上，擋在中間，真是嚇死人。

這件事引起社會關注，我也特地約朋友去看，畢竟我女友就葬在那裡。我意外發現，上次來看我女友的墓，周圍也葬了不少人，但現在我女友的墓孤零零地立在一方，其它的墓竟然都移動，像閃避可怕的人一樣跑得遠遠的，有的在另一個山頭，有的在路邊。

因為太多人抗議，國軍決定要徹底調查，還找了風水師與地理師，女友父母也只好同意配合開挖。女友的

墓被開挖出來之後，大家發現她的頭不見了！

棺材裡竟然只剩下軀體，棺材也腐爛破洞，四肢穿過那些洞，都伸得好長好長。大家不斷沿著延長的四肢外延開挖，好奇她的四肢是要去哪裡？這才發現她的四肢都延伸到其它跑得遠遠的棺材裡。

只要被我女友的四肢伸手伸腳染指過的棺材，裡面的軍官骨骼從頭部表情到身體扭曲的姿態，依然看得出一副恐懼的樣子。

更可怕的是，女友不見的頭終於找到了，最後是在一個帥氣的軍官棺材裡發現的。帥氣是參照墓碑上的照片啦，真的挺帥的，跟我有點像。至於頭在棺材裡的哪個地方，就不需要我多說明了。

於是，地理師嚴重懷疑，這些墓會移動，完全是為了躲避這個女鬼墓。一群人向國軍抗議施壓，女友父母只好同意將女友的墓遷葬，之後國軍裡的墓就沒有再移動過，恢復以往的寧靜。

聽到這件事情的來龍去脈之後，一開始讓我心裡

很受傷。我傷心的原因並不是因為死去的女友對我不忠誠，而是為什麼那些國軍弟兄這麼害怕跟我女友進一步發展？

我女友真的有這麼差嗎？這樣不就是說我眼光太差了嗎？若我女友這麼差，那為什麼之前在汽車旅館時那兩個鬼還特別移墓到我們窗外偷看？難道……他們想要偷看的，只有我？

我脫掉衣服，站在鏡子前面，撥弄頭髮，像健美先生一樣擺手擺腿擠出肌肉。

對了，還要開黃光讓線條更明顯。啦啦啦～啦啦啦～我在鏡子前面，開心地跳起舞來。

Robbie 的創作靈感

　　我曾經去一家新竹的汽車旅館過夜，浴室外的景觀是一片雜草，中間立了一座紅磚瓦造景。

　　大白天陽光照進來是有點神秘跟恬靜，但雜草真的太久沒修剪了，乍看之下真的像亂葬崗，更不用說晚上的氛圍了。

　　我在泡澡時就看著窗外，想像窗外那座造景是一座墓，底下埋的是屍體棺材也不會太違和。這篇的初始創作靈感便來自於這間汽車旅館。

　　性騷擾不分性別，說不定還不分人鬼咧。跟〈你前女友真衰〉裡我對靈骨塔的想像一樣，我始終在

想，雖然都有自己的墓地或塔位，看似有「私鬼」空間，都以為獲得了永遠的平靜，誰知死後還是會碰到各種性騷擾呢。

前女友烤雞

　　人來人往的勤美商圈，開了一家烤雞店，店名叫做「前女友是雞」。這家烤雞店只賣一整隻雞，不拆售。買回去後，就是要一群人手扒雞。

　　這老闆可能很討厭前女友，這家店的特色之一就是顧客打電話預訂時，不是問你貴姓大名，而是問你前女友貴姓大名、女友的電話、分手多久了。

　　若是剛分手兩周的，還可以先拿號碼牌，比其他人早取餐。訂好了之後，去店內取貨，把前女友的名字電話給對方，店員就會把「前女友雞」端出來讓你帶回家，還會要你一起大喊：「讓我們一起分食這隻雞吧！」

　　這家店因此一炮而紅。失戀的男生會去買前女友烤雞；陪失戀的朋友會去買前女友烤雞；新女友也會陪男

友去買前女友烤雞。

　　我跟女友看著新聞上的美食介紹時，兩人不禁笑出來，笑說如果吃得很開心，不就代表前女友很好吃嗎？不會更生氣嗎？我女友還說，絕不允許我吃前女友烤雞時吃得津津有味。

　　兩周後，這家生意越來越好，想吃前女友烤雞要排好幾天前預約才買得到。

　　但是同時，怪事也發生了。這家店附近猝死的女性越來越多，而且死狀就像烤雞一樣。

　　舉例來說，有兩女正在勤美逛市集，其中一個女的突然兩眼睜大，發出咕咕的聲音，兩臂也突然往內縮，身體也接著蜷曲起來，最後僵硬地倒在地上。

　　還有另一個女生騎車到一半，手不聽使喚，車子開始晃動，最後也是抽搐幾下之後倒在地上，頭往後仰，手呈現不自然的內縮動作。聽說一夜之間，這個城市好幾百個女生猝死。

　　我跟女友一起看著新聞，跟她說好恐怖，以後哪個

女生敢跟男生分手啊，太可怕了。女友聽了一點反應也沒有，於是我轉頭看了一下女友，發現她兩眼瞪大，充滿血絲，嘴巴不斷流出液體，抖動一下便往後倒，身體蜷縮在一起，還散發出燒焦味。

我嚇得趕快打給 119，只不過等待救護車前來的時候，我滿腦子只有一個疑問：妳不是一直跟我說我是你的初戀，也是妳第一個交往對象嗎？

最近失戀去身心科求診的人大幅減少，倒是眾多女性去看身心科，病因是分手恐懼症，成為我們城市的特殊流行現象。

不過據說，前女友烤雞店即將要遠征南北，到處開分店了。

Robbie 的創作靈感

　　雞常常是老一輩的人對女性性交易工作者的一種不禮貌的稱呼，而我的一些男性朋友被甩了之後，常常用這樣污辱性的字眼批評自己的前女友。

　　先強調喔，我所謂的男性朋友不是我自己喔。有天當我聽著朋友們辱罵前女友時，又正好吃著買回來的炸雞，突然就產生了「前女友烤雞」的靈感。

　　不過，我個人覺得這篇故事最毛骨悚然的是故事的結局，以前是失戀太痛苦要去看身心科，現在變成想分手的人害怕到需要去看身心科，那會是多麼恐怖的一件事。

不可以
色色

殯儀館旁的旅館

這是好友 B 子跟我說的故事。

她去香港參加音樂工作坊，但是附近的旅館都貴到不可思議，最後找到一家比較遠的旅館，一晚也要三千多元臺幣，但比工作坊附近的酒店便宜很多了。

出發前，她還一直問我要不要一起去，因為房間很大。但因為那時我還沒嘗過出國遊玩的甜頭，沒有興趣就拒絕了。後來有點後悔，因為幾年後我與 B 子失去聯絡，沒有留下一起出國的回憶實在可惜。她是個很有趣的朋友呀，一起旅遊肯定會發生很獵奇的經驗。

B 子到了香港，入房後還狂拍照片給我看，因為有超大的客廳、豪華廚房、還有獨立出來的房間，覺得三

千元臺幣真的是物超所值，一直跟我炫耀，又說更希望我陪她一起住。

　　B子說希望我陪她的主要原因，當然不是因為我很帥，而是因為窗外看得到香港殯儀館的招牌。工作坊結束後都傍晚了，離開地鐵站後，在一片黑夜中走一段路，還得一直看著香港殯儀館的招牌大字，真的有點毛毛的，不太舒服。

　　人在異地已經有點不安，入住異地的殯儀館旁邊的旅館，更是讓人心驚膽跳。晚上周邊環境更是顯得人煙稀少，商店早早關門，偶爾還有狗吠，一點都不像印象中的香港。

　　B子頭兩天瘋狂傳照片給我，一直叫我來，然後第三天突然完全沒有消息，訊息都不讀不回。但我找不到任何其它聯絡方式，還好工作坊只有三天，結束後B子就回臺了，她告訴我為何她不讀不回：

　　周圍的環境太詭異，房內關燈的話，窗外的殯儀館霓虹招牌變得更明顯，房內被映照的色調太詭異，所以

晚上睡覺時，她決定戴起眼罩，開燈睡覺。

迷迷糊糊的睡意中，她開始聽到收音機傳出老舊的樂曲音樂聲，就類似〈我等著你回來〉、〈魂縈舊夢〉年代的音樂。但她突然意識到，房內根本沒有收音機，仔細一聽，發現這還不是一般音樂播放，還有加上廣播節目的串場內容，感覺氛圍更老派了，好像掉進不同的時空。

B 子轉了個身，想說只是隔音不好吧，繼續睡，也許隔壁住了入城探訪親戚的年邁老太太吧。直到 B 子突然聞到房間裡有濃濃的檀香味道，伴隨持續但微弱的經文聲，讓她實在忍不住，起身把眼罩拿掉，張開眼睛想看一下到底發生什麼事情。

B 子原本想說反正燈是亮著的，應該也沒什麼好害怕的，但當她一拿掉眼罩，她看到房間牆壁、天花板，滿滿的都是黑白遺照，而且不知是否是眼睛還沒適應亮度，她覺得那些滿滿的遺照突然變成 3D 效果，還朝她飛過來。

她嚇得尖叫一聲，然後一瞬間這些遺照又飛起來，

接著穿越牆壁就消失了。B子嚇傻，連反應的時間都沒有，即便開著燈但還是全身嚇得發抖，外面又是深夜的香港外加殯儀館。

山不轉水轉，水不轉女人轉。B子決定靠陽氣對抗陰氣。

B子打開交友軟體，果然周邊附近一堆歐美人士。可能比較不忌諱殯儀館吧，不到十分鐘就配對成功一個金髮壯男。

B子的恐懼感不但消失，更關燈一整夜。至於是一整夜睡好覺，還是一整夜沒睡覺，B子笑而不答。

Robbie 的創作靈感

　　我曾經有一個很好的朋友，因故沒聯絡了，這篇故事算是懷念我們的友誼而寫。

　　那時她去香港參加活動，問我要不要跟她一起去，我記得當年我還沒出過國吧，所以最後一刻沒去，成為我人生的遺憾，畢竟從國中到大學的情誼卻沒跟她出國過，真是可惜。

　　她住的旅館超大，是一房一廳，但窗外就是殯儀館。剛進房時一直傳照片炫耀，說多美多便宜，我不去住太可惜了。

　　但是回國之後她才跟我說，其實到了晚上她還是

怕到把燈打開全亮睡覺。外面是殯儀館，還是會越想越害怕。

　　朋友本身很有國外男性緣，所以我就有了「陽氣對抗陰氣」的情節靈感，這篇故事就這樣誕生了。

　　不過，我自己覺得人都是會有第六感的，為何到了晚上膽大的朋友莫名其妙害怕起來，或許是心理作用，也或許是真的身邊出現了什麼吧⋯⋯就問你怕不怕呀？

姊姊的遺容

　　漢娜（Henna）是一種印度天然彩繪，是在喜慶的時候所使用的，塗在身上約可維持 7-12 天。我的一位女性好友 L 子就是專門在畫這個，到處去擺攤。

　　L 子是藝術奇才，雖然她放了很多現成的圖騰給大家選，但其實你只要秀出圖片，她就可以當場看著圖，在你身上依樣畫葫蘆畫出你要的東西，非常強。我時常去她擺攤的時候幫忙招呼客人，因為她在畫畫時，沒辦法一心二用。

　　一天 L 子在幫客人彩繪時，一個很英俊的高壯男站在旁邊，觀看一陣子之後詢問 L 子是否畫什麼都可以，接著又問一些文化背景的問題，想了解這是不是一種祝賀用的東西。

我告訴他有關漢娜的文化知識之後，他就問我那可不可以畫遺容，雖不算是祝賀，但想要把一個充滿意義的表情紀念在自己身體上。

我還沒反應過來，他就拿出手機秀出他姊姊上吊自殺的照片。完全沒有打馬賽克的時間，不遮掩還特寫照片上一張鐵青的臉，眼睛翻白眼，舌頭微吐，整個面容扭曲。我嚇一大跳！

不過還好我平常看遍了各種光怪陸離的客人，所以很快就冷靜下來，想一想覺得不過就是屍體照好像也還好，所以 EQ 很高地用很委婉客氣的語氣跟對方說，要紀念對方畫臉 OK，但可以找她生前漂亮的照片呀，何必要畫（這麼恐怖的）遺容呢？

客人聽後，默默把手機收起來，沒有跟我多說什麼，但也沒有離開。

L 子這時候畫完前一個客人的彩繪，聽我轉達說有個客人要求畫遺容，她本來也想拒絕，但轉頭看到那位客人又高又壯，馬上回頭跟我說，挑戰一下好像也沒什麼不可以。

L子答應了，還跟客人說遺容價位比較高唷！好像一副真的有個價目表，而且上頭還有遺容這個項目咧。

　　L子詢問又高又壯的客人遺容要畫在身體哪個部位。客人說想畫在胸口，左胸，想要姊姊的遺容貼緊他的心，讓他們時時刻刻心連心。

　　我與L子一聽，愣在那邊，我是因為傻眼，但我猜L子是因為太過興奮。又高又壯的客人胸肌很大，L子實在無法拒絕畫畫在男人大胸肌上。當L子開始作畫後，我看時間也差不多，就先行離去了。

　　兩天後我跟L子約吃午餐。她迫不及待地跟我說，雖然那天看著可怕的上吊遺容照作畫，但一邊畫一邊跟又高又壯的客人聊天，越聊越愉快，真的是相談甚歡。看收攤時間也差不多傍晚，壯帥男就順勢約吃晚餐。

　　吃完晚餐之後，又順勢來個魚水之歡。L子說她一開始有點抗拒，還問他說姊姊的遺容在身上，這樣做愛不會很奇怪嗎？他毫不遲疑地說讓疼愛他的亡姊看到弟弟幸福的樣子不好嗎？L子覺得有道理，雖然當下覺得

怪，但實在難以抵抗送到嘴邊的胸肌。

「可是啊！」L子說到這裡頓了一下，面有難色，喝了一口飲料然後說：「實際操作還是真的很怪啊。」

L子說當天做愛時是女下男上的體位，她躺著無法看著壯帥男的臉，倒是胸口遺容倒吊的眼睛就這樣緊盯著L子的臉或者胸部，隨著壯帥男每次的前後擺動，遺容越來越逼真。

一方面得意自己畫技超群，但另一方面L子感到超級不自在。加上壯帥男很會流汗，汗水滑落胸口，剛好就落在眼睛和嘴巴的位置，看起來就像倒吊的眼睛在流淚，然後配上舌頭微吐的嘴巴流口水。

男人為妳賣力流下的汗水很迷人，但是當汗水從這樣的遺容流出，像眼淚和口水滴到妳身上時，只能說，真的，非常，噁心難受。

L子說結束後，壯帥男很體貼的把L子摟住，讓她可以躺在他的胸膛。但L子已經不太自在了，想要起身喬一下不同位置，頭才剛抬起來，壯帥男又霸氣的把L子的頭壓到自己的胸口。

L 子角度還沒喬好，身體又一個平衡不穩，就這樣和胸口遺容舌頭微吐的嘴，嘴對嘴親了下去。不知道是心理作用，還是壯帥男的汗臭味，親到那瞬間 L 子覺得無敵臭。

　　L 子問我到底該怎麼辦，難得遇到這麼棒的男人，但真的不想再看到那個遺容了。我跟 L 子說很簡單呀，試看看後入式啊，這樣就看不到了。L 子一聽，眉開眼笑，大讚我一番，說我好聰明，然後馬上見色忘友，拿出手機和壯帥男約了晚一點約會。

　　我想說應該一切都很順利了吧，很好奇這下 L 子到底跟這位姊姊遺容刺青壯帥男，會不會性福下去，所以迫不及待隔天就打電話給 L 子。

　　L 子說當晚立刻又跟那位壯帥男魚水之歡，壯帥男依舊非常溫柔，L 子記得我的建議，主動背對著他，臀部翹高高，感受到壯帥男溫柔的舔她的後背，然後私密處，接著竟然連屁屁也舔，真是非常 sweet ～

進入主題後，也是超級賣力，過程達到身心靈滿足，特別是背部那種搔癢感真的是全身酥麻讓人難忘。

　　L 子想要記住這一刻，想要看著壯帥男的臉，嬌嗔忘我地回頭看時，發現是磨蹭她的不是壯帥男的臉，而是壯帥男胸口……的遺容，正伸出舌頭舔 L 子的後背。

Robbie 的創作靈感

　　我好友樂樂的專長就是漢娜印度彩繪。幾年前我還會陪她一起去擺攤，才讓我知道擺攤是多麼辛苦，所以那時候我還會抽空去陪她。

　　她曾經在我的胸口畫上心臟彩繪，於是給了我這篇故事的靈感，一個壯帥男胸口上畫了姊姊的遺容。

　　我非常喜歡這篇的結尾，有張力有畫面，在性愛過程很舒服的時刻轉頭去看，竟然看見的是畫出來的遺容伸出舌頭在舔自己，連我都覺得震撼，有衝擊力。我私心非常非常喜歡這一則喔。

黑膠唱片

　　小時候住在爺爺奶奶家。爺爺喜歡聽黑膠唱片，家中擺滿鄧麗君、鳳飛飛以及甄妮的黑膠唱片。但爺爺最喜歡的，是一位只出過一張黑膠唱片的女歌手，這裡就稱為陳氏吧。

　　這張唱片收錄十首歌曲，八首是翻唱，兩首是全新的。爺爺說，聽了這麼多女歌手的歌聲，還是這位陳氏最對味。輕輕的呢喃，唱片封面又美，而且爺爺見過她本人唷！

　　奶奶跟我說，當年爺爺不只天天聽唱片，還會特地去歌廳秀捧場陳氏，現場演唱更是讓爺爺如癡如醉。爺爺說最喜歡陳氏清純的外表，很有初戀情人的味道。

　　我問說這麼好聽的聲音為什麼只出一張唱片呢？奶

奶溫柔的跟我說，那個年代的女性觀念比較保守，還是想要回歸家庭，最美好的事情就是在家相夫教子。

有天報紙一角刊登了一則和陳氏有關的廣告，陳氏想要買回她錄製所有的老唱片，而且是高價收購。

難得聽聞喜愛歌手的新消息，爺爺很開心，對這件事情很熱衷，到處探詢消息，意外發現陳氏已買回所有的黑膠碟，剩下最後一張竟然就在自己的手上。

能再見到自己偶像一面，爺爺欣喜若狂。爺爺撥了廣告附上的聯絡電話，電話中爺爺一開始講什麼講得很小聲我聽不太清楚，倒是後來很大聲說一定要親自見到陳氏，否則一切免談。

不久後，陳氏果然親自登門，隨著時間的摧殘，陳氏看起來跟唱片封面上那張臉不太一樣。更瘦，長得也難看些，還面帶病容，不過也許是這個病容，讓陳氏依然保留那種清純氣質，且更讓人憐惜。

爺爺與奶奶熱情招呼陳氏，我小時候很內向，害羞地站在旁邊小心翼翼觀察。陳氏似乎很急，爺爺都還沒

來得及傾訴自己的愛慕之情，甚至還沒有開始寒暄，她就開始提起要高價收購那張老唱片的來訪目的。

爺爺詢問原因，陳氏不大肯講，支支吾吾，只是一直說不好意思，但很希望可以趕快收回。爺爺說自己不缺錢，不肯講原因的話，不要怪他不願意割愛。

爺爺奶奶不開口僵持著，大家都沉默好一陣子之後，陳氏終於嘆了口氣，說這張唱片她是真的用心錄音，把自己的靈魂灌進去了。是真的灌進去了，結果卻讓她遍體鱗傷。

一時間我們都聽不懂陳氏在講什麼，以為她在指她的青春年華，以為當年誰辜負了她。於是陳氏請爺爺播放這張黑膠唱片。

當唱片一播放，黑膠唱片一旋轉，陳氏就突然倒在地上，以頭當中心，身體為半徑，開始隨著唱片圓形旋轉，就像是快速的人體時鐘，轉到陳氏開始嘔吐。

此外，唱盤上面的唱針，在我們看起來是輕輕地放在唱片上，輕輕滑著刻痕，但看向陳氏，她的身體跟著旋轉時，衣服竟然開始出現被刮破的樣子，甚至刮到皮

膚開始濺血。

這一幕嚇得奶奶趕快上前推開爺爺，移開唱針，把唱盤關掉。陳氏慢慢坐起，一邊流淚哭著求爺爺把黑膠唱片還給她，讓她不要再受這種苦。

奶奶嚇到抱住我，要爺爺快點把黑膠唱片銷毀，不要再害陳氏了。爺爺聽了上前，很溫柔地扶起陳氏，找了一件大衣披在陳氏身上，帶她走出門，兩人嘀咕嘀咕不知道在商量什麼。

也不知最後商量結果如何，最後黑膠唱片還是放在我們家，不過後來陳氏也開始常常出現在我們家，特別是奶奶不在家的時候。

奶奶不在家時，我常常看到爺爺跟陳氏躲在房間裡面，也不讓我進去。我也曾經看到陳氏跟爺爺吵架，有次吵得激烈，爺爺說要懲罰陳氏，要陳氏跟著黑膠唱片一起唱，讓他感受到雙聲道的音質。

爺爺播放了黑膠碟，坐在躺椅享受。陳氏則在旁邊轉圈圈，一邊嘔吐，一邊唱著歌曲。不得不說陳氏很屬

害，不但可以旋轉唱歌，隨著時間流逝，key 可以跟當年一樣。

有一次爺爺跟陳氏在房間苟且時，奶奶剛好回來。奶奶問我要不要聽黑膠唱片，我乖乖地說好。奶奶播放陳氏的音樂，然後我從門縫偷看著爺爺與陳氏。

陳氏開始旋轉，爺爺一開始與她是正常的性交體位。但後來轉得有點快，爺爺嚇到了，覺得外圍轉太大圈，於是旋轉跨越閉上眼，站起來改插她嘴巴，果然在內圈就比較沒這樣暈了。

看到一半奶奶叫我過去，問我要不要玩遊戲，玩法是唱片轉快，轉越快我就可以拿到棒棒糖喔，還可以幫父母親轉運，讓他們賺大錢，就可以早點買大房子，接我去臺北住。

我一聽，興奮地開始順時針轉動唱片，越轉越快，越轉越快。聲音變得好奇怪好好笑，我開心地笑出來，奶奶也跟著我一起笑。還要我把唱盤上面的針用力壓下去，去刮唱片，壓越大力越好。我玩心上癮，就用力把針壓在轉動的唱片上，一直壓壓壓，唱針就這樣在唱片

上不停的大力摩擦。

突然，我聽到房間慘叫。我和奶奶跑去房間偷看，只見陳氏的小腿撞破牆壁噴血，胸腔也滿滿是血，彷彿被尖物刺穿，大量出血。口中也是滿滿的嘔吐物跟膽汁，當場斃命。爺爺悲慟不已，一直大哭，氣得再也不跟奶奶說話。

從那天開始。每當晚上我與奶奶睡覺時，都會聽到爺爺半夜放著那張老唱片說話。說也奇怪，隱隱約約我聽見歌聲中有女人說話的聲音，彷彿陳氏與爺爺在對話的感覺。每當我好奇，想要起來去偷看，奶奶就會制止我，要我乖乖回去睡覺。

幾個禮拜後願望成真，爸媽來接我，說要到臺北住新房子了。之後我就很少再看到爺爺奶奶，也不曾再聽到陳氏的歌聲。

幾年後爺爺過世，我再度回來這個小時候熟悉的地方。爺爺遺言特別交代要把黑膠唱片一起放入棺材。

我看著躺在棺材裡爺爺胸口上擺放的這張唱片，突

然有了閒情雅緻，就說服爸媽說讓爺爺再好好聽一下陳氏的歌聲，說不定爺爺會更愉快地去西方極樂世界。

爸媽同意了，我把唱片拿到唱盤上，輕輕放下唱針，小時候熟悉的旋律前奏流洩而出，然後開始出現熟悉的柔美的陳氏歌聲。

但由於唱盤受到破壞加上時間自然磨損的關係，我發現整體聲音變得不大一樣，低沉很多，音樂也慢很多，聲音聽起來怪恐怖的。

突然慢慢地，歌曲聲音漸漸淡出，出現一個女人的哭聲。爸媽還在狀況外，但我和奶奶都知道這是陳氏。陳氏哭著說，她無意破壞我們家，她是被威脅的。

爺爺威脅說不跟他交往，不跟他相好，就要每天24小時循環播放這張黑膠唱片，讓她鎮日旋轉暈死，她只好配合。真的是千拜託萬拜託，拜託不要把她的唱片放入棺材裡，她不想跟這個男人再有所瓜葛，一秒也不想要再共處一室。

大家面面相覷，奶奶則默默無語。隔天出殯正要蓋棺時，奶奶走向唱盤，慎重地把這張老唱片放入爺爺的

棺木中，讓爺爺跟他最愛的女偶像永遠在一起。

奶奶放下唱片時，還輕拍了一下爺爺的胸口，說她沒有怪他，希望他可以快快樂樂的，心滿意足地去西方極樂世界。在場的人都被奶奶的偉大寬容所感動，終究在最後一刻，奶奶還是實現了她丈夫的願望。

回家的路上，我跟爸媽談到這件事，覺得奶奶真的很愛爺爺，心胸真的很寬大。這時我媽媽大笑，一邊笑還一邊拍爸爸的肩膀，說你奶奶哪是什麼偉大的情操啊，她只是不想讓跟爺爺有染的女人好過而已。

Robbie 的創作靈感

　　我本身沒有唱盤，可是我有兩張黑膠唱片，其中一張是甄妮的《心湖》，另外一張是鳳飛飛的《愛的禮物》。

　　會收藏的原因就單純想要擁有，特別是鳳飛飛《愛的禮物》，那時候沒有人愛，所以買一張《愛的禮物》給自己。

　　雖然我沒有唱盤，但是知道黑膠唱片播放時會不斷地轉來轉去，有天我看著黑膠上面用畫出來的封面圖片，想著當年群星會的老藝人們在哪裡……然後腦袋就出現這樣的故事構思了。

然後我就在想，若我們有一天真的能有機會見到自己心儀的偶像，我們會想跟她做哪些事情呢？這篇就這樣創作出來的。

愛自己

　　我與小健是國中好友，兩個人都是宅男，他交不到女友，我也交不到女友，所以這些年來我們兩人的友誼越來越濃。我們都會一起去度假，像我兩次的沖繩之旅都是跟小健去的。

　　有天，我又和小健約出遊，宜蘭三日遊。我們訂了四人房兩大床，空間大，一個人躺大床超爽，不過半夜我卻被小健的呻吟聲吵醒。

　　我嚇了一跳，不敢置信小健竟然在我們同住時做這檔事，我起身坐了起來，正想開口叫他時，我更不敢置信我所看到的：小健正全裸用下體摩擦自己的手機螢幕，螢幕是自己的裸照，看起來應該是今天泡澡自拍的照片。

小健把手機不斷地前後來回搖，就像是男女性行為。我實在難以置信，但實在是太尷尬，一時間不知道該說什麼，索性躺回去，閉上眼睛，逼自己睡著。隔天旅遊行程間我也不敢提起這件事，或許是我本身太變態了，自動腦補所以看錯了吧。

　　第二天晚上，我又被小健的呻吟聲吵醒。我慢慢地睜開眼睛，心想不會吧，又來了嗎？這次我一定要講清楚說明白，心臟撲通撲通跳著。

　　我坐起來仔細看了十分鐘，小健真的把手機插入自己的肛門，不斷來回抽送，手機螢幕顯示的是小健的生殖器，這下我一定沒看錯。小健看起來很舒服，爽到翻白眼，但我卻無比恐懼。

　　等他完事去廁所清理出來，我已經坐起來開燈等他，問他究竟怎麼了。小健說，這是從某一位女YouTuber 的影片看來的。那位女 YouTuber 說，想要人家愛你，就必須要先愛自己，因此她拍了一系列的實驗影片，名稱就叫做「愛自己」。

一開始上傳的影片是她親吻自己的自拍照，吻得很投入。然後最近是用手機拍了自己的裸照，然後在鏡頭前直播自己如何忘情地舔舐著手機螢幕上的自己。

這位女 YouTuber 大約兩天一更，十四天之後她和她的觀眾都相信這位女 YouTuber 變好看了，變得更有魅力了。

小健也是觀眾之一，他相信「愛自己」實驗是有用的，所以小健也開始這樣做。

小健說不到一周，愛情絕緣體的小健竟然就與人資部門的女性開始曖昧了。然後財會的姊姊們也開始願意跟他說話，甚至他主動約其中一個單獨吃飯看電影時，對方也馬上答應了。

小健信誓旦旦地說：「真的有用，要愛自己，你才會被愛。」

原來如此，難怪跟我一樣的宅男同窗小健最近變得比較難找，回訊也比較慢，討論行程也愛回不回，原來是有約會對象了。

小健說他原本想要早點告訴我，他說非常了解三

十好幾還母胎單身的痛苦，追女性還碰過很多障礙與羞辱，建議我也一起來試試看。

聽了這番怪異言論和實驗，我說我當然不要啊，我又不是瘋了。我是正港男子漢，怎麼可以做這種事。小健繼續說服我，他說可以先從含自己的手機開始，恥感門檻比較低。

先拍自己的生殖器，然後把手機含入嘴巴，拍，含，超簡單，小健說這總比他先去上了幾堂瑜伽課之後再達成插入屁屁這個姿勢簡單多了吧。小健甚至開始指責我，說我連自己那邊都不敢含了，你都不愛自己了，憑什麼期望女生幫你含。

當下覺得小健離我越來越遠了，完全無法理解，這種事情我真的做不來。

不久後，2 月 14 日情人節來了，這是我們認識以來第一次在這個節日各自安排：小健不再單身，他終於交到女友了。

這個我做不來的實驗，沒想到幾個月後風靡全臺灣。那位女 YouTuber 大紅大紫，「愛自己」這個行為實驗越來越多人模仿，也越來越多「專家學者」和這個女網紅合作，開發了一系列性愛正向訓練課程，線上線下都有。

　　許多電視新聞跟談話性節目討論這個實驗，到處都是「#愛自己」，儼然變成一個特殊的社會現象。有一些人撻伐這個實驗，很怕年少無知的小孩或青少年有樣學樣。但也有部分人士支持，覺得「愛自己」真的很重要，看看這能改變多少人啊。我完全不認同這種行為實驗，太荒謬了！

　　有天當我一個人看完 A 片解決性需求後，下樓要去洗澡，經過客廳時，我看到我媽正在舔自己的手機螢幕，瞥見我之後馬上嚇得舌頭伸回去，還硬說是蜂蜜沾到手機，擦掉可惜。

　　我當然知道是怎麼一回事，很生氣地說那些年輕無腦美眉相信就算了，妳都當奶奶的年紀了，學這些有的

沒的幹什麼，超難堪。

　　我媽原本還一臉尷尬，一聽我這樣說，怒擲手機，氣到滿臉通紅，拍桌激動地說，爸爸外遇這麼久，她一直忍辱負重，她難道沒有權利「愛自己」嗎？說完掩面哭泣。我當下完全無言以對，只好落荒而逃。

　　說也奇怪，不到兩周的時間，爸爸竟然終於離開了外遇對象，在家的時間變久了，還會開始對媽媽噓寒問暖，買花買蛋糕回家，媽媽看起來越來越開心，變得比較有笑容。

　　長期處在爸媽不合的情緒風暴中的我，突然覺得這種用螢幕做愛的愛自己方式，好像也沒有那麼糟糕。

　　兩年後，「愛自己」的風潮仍然沒有退燒，甚至可以說已經普遍化，被大眾接受，批評的人變少。

　　不過根據最新民調與研究顯示，有伴侶或已婚人士，每日關起門來與手機獨處的時間長度，遠遠超出單身的人。

Robbie 的創作靈感

〈愛自己〉是我自己很喜歡的一篇作品，但因為情色橋段很多，所以壓了很久才發表，沒想到評價還不錯。

這篇故事的靈感來自於梁詠琪的第一首廣東歌曲〈愛自己〉，最後一句歌詞是：「其實我覺得／若有天相對／會更懂得愛著你。」咦，可是這首歌明明叫做〈愛自己〉呀。

其實這篇故事我想表達跟諷刺的是，大家常常說要多愛自己一點，但是你有注意到嗎？這些要人多愛自己的手法跟最終目的，也都在強調想要讓別人愛你罷了。

我們說要愛自己，竟然目的只是因為希望別人來愛我們。

至於舔手機的照片等等的情節發想，純粹是因為我本身很自戀。

壁虎

　　家裡的壁虎越來越多了。

　　牠們會叫，叫得很大聲，而且隨處都可以看見牠們的大便。可是我爸說不要用殺蟲劑，因為壁虎不像蟑螂那種壞蟲，而是益蟲，不要理牠就沒事了。

　　可是我半夜去廚房倒水，餐桌上三隻在爬。我早上出門上班，拿起包包的時候，兩隻從底下快速溜走。我蹲馬桶的時候，好幾隻在地上亂竄。這造成我很大的困擾跟陰影啊！

　　有天睡覺的時候，我被奇怪的觸感嚇醒，按了床頭燈。一亮起，我看見我全身爬滿了壁虎。我睡覺時只穿一件內褲，於是我的小腿、大腿、腹部、胸部，除了臉

和手，滿滿都是壁虎。

我嚇到喘不過氣，努力想從喉頭發出聲音。終於發出聲音的那瞬間，壁虎同時全部抬頭然後扭頭看我。米白色的身體，黑色的眼睛，幾百隻趴在我身上，深情對視。那畫面有夠噁心。

我很想拍掉牠們，但是又不敢碰觸牠們！所以只好繼續躺在床上，身體不斷亂跳亂搖，想把牠們震下來，或者自己跑掉。結果，一群本來抬頭看我的壁虎們，竟然經過我的搖動之後頭尾分離！

這就是所謂的斷尾求生嗎？幾百隻的壁虎頭，從我身上逃走的觸感，真是令人頭皮發麻又使人反胃啊。不過現在重點不是頭啊，牠們的尾巴還在我身上耶，而且繼續一搖一擺一搖一擺！我雞皮疙瘩掉滿地。

然後，剛剛那些斷尾求生的壁虎頭，全部鑽到我的腳底板不停竄動。很好，現在我身上有一搖一擺的尾巴，然後腳底板有不停竄動的壁虎頭。

好癢啊，好噁心啊，好癢啊，好想笑啊，好癢呀，好痛苦啊。我受不了！我坐了起來，看見床前的超大吋

電視螢幕倒映著我的身體。

　　啊……真迷人呀。

　　壁虎們不斷地腳底搔癢，讓我身體呈現出力狀態，肌肉線條更加明顯。我看著螢幕上映照出的壯美的身材，不自覺地把兩手放在後腦杓，左右擺弄，欣賞自己的倒影。床頭那盞昏黃的燈，更將我的身體線條陰影照得更立體更性感。

　　啊……真迷人呀。

　　可惜晃動的尾巴實在礙眼，擋住了我迷人的胴體。為了美的追求，我一股勇氣湧了上來，左手繼續放在後腦杓，維持健壯的手臂肌肉，右手則是一個一個把壁虎晃動的尾巴捏住，然後丟到地上。
　　又或者是移到更理想的位置，例如鼠蹊部、大腿內側、腋下、乳頭、背部……一搖一擺一搖一擺……嗯，

這樣線條更好看了呢。

　　腳底群聚的壁虎們看到此景，集體尖叫落跑。

　　隔天一早，我打算跟我爸說還是要處理一下壁虎的事，實在是太多太擾人了。但到了廚房，發現我爸沒幫我準備早餐。

　　啊，昨晚他最後去奶奶家，沒在家裡過夜。原來這是我爸與壁虎的共存之道。

Robbie 的創作靈感

　　我家最近很多壁虎，有大有小，一開始認為牠們不是害蟲，所以就視而不見。可是啊，有一天發現，家裡的壁虎真的多到在家裡逛大街了，然後又很愛叫，超吵。有次還爬到我的床上，嚇鼠寶寶了。

　　就是壁虎爬上了我的床，爬上我的身體，讓我有了這篇故事的靈感。

　　因為那冰冰的觸感，讓我全身肌肉不自覺地緊繃。剛好身邊隨時都有鏡子，看到自己身材因為緊繃後變得真美，超級性感。

　　哈哈哈，只能說我筆下的人物跟作者一樣，真的很自戀啊。

拔罐

我家開國術館，主打拔罐。我爺爺跟爸爸的拔罐功力超強，除了老功夫之外，家傳的拔罐器可不是跟外面買的，是特別下功夫自家研發的。

從我爺爺那代就開始研發不同的的拔罐器，吸力特別強，還會針對不同穴位做不同設計。我家的大櫃子上方擺了一個骨董級的拔罐神器，吸力強到不可思議，不會隨便拿出來展示，這有機會我再跟你們介紹。

現在講求西醫醫學，傳統中醫國術館有點式微，生意不是太好。爺爺早就過世，爸爸也退休了，真害怕這個絕學會斷在我這代，畢竟現代人好像不是很信這種民間偏方。

有一天我突然生意腦開竅，製作了各種圖案的拔罐器，有大象、老虎、貞子、小貓咪、小叮噹各種圖樣，應有盡有。然後找了一些朋友拍攝各種有趣短片，主打「可以消暑又具治療效果的短暫刺青」話題，上傳到社群媒體之後果然開始爆紅，吸引很多年輕人前來嘗試，國術館生意終於稍微有點起色。

　　但真正讓國術館開始風生水起，也讓我超有成就感，是我用拔罐解決了一件怪事。

　　有一天鄰居來串門子聊天，提到他們家國中生好像有點中邪，精神科看不好，吃符水就吐出來，貼符紙也不知道為什麼一貼就飛走。

　　我思索一下後突發奇想，叫鄰居把國中生帶過來，讓我治療看看。當他赤裸趴在油壓床上後，我看著廟裡驅邪的符咒，用滑罐的方式，在國中生的身上滑出了符咒的字樣。

　　滑罐只是打草稿，接著我再用拔罐的方式，把我滑過的部分再一次進行深層拔罐。背部用完換正面。如此

一來，表面有符咒，而透過拔罐與滑罐的方式，讓體內的冷、濕、甚至熱氣，全部慢慢排出體外，如此內外相逼把鬼弄了出來，也進不去。看起來畫符拔罐這招奏效了，一周後國中生就康復了。

這件事情傳開之後，開始有許多人找我處裡各種疑難雜症，想說趕鬼都可以用拔罐處理，也許其它怪症也可以。

比如說，有個女孩忘不了剛分手的男友，整天渾渾噩噩，三秒落淚，吃不下飯也不想上學。於是我在女孩的背後，用滑罐的方式寫上男孩的生辰八字跟名字，再用拔罐的方式，讓女孩體內的思念，慢慢吸出體外。

又或者是家屬帶來一個百般尋死的人，我在他的背後滑罐，寫下「死」這個字，再用拔罐吸起來。不知是否為心理暗示作用，也許「念頭」真的可以被拔出，總之後來他想死的念頭確實也日漸淡化，生活也終於有所改善。

有一天正要關店的時候，一個嚼著檳榔的人走過來，看起來一臉不懷好意。我認得他，他是我們鄉里的敗類，最近才剛出獄。他是強姦犯，劫色又劫財，聽說殺過人，但找不到罪證，當然他死不承認。

我跟他說我要關店休息了，不過可以免費幫他拔罐。他說他不要拔罐，他要收保護費。

我跟他說錢一定給，但還是要先拔罐，我說我是為他好，看他臉色發黑，如果不把他體內的毒素吸出來，很快身體就會因為吸食毒品而吃不消。

他說他不信我，我說你現在又還沒搶劫，我報警有用嗎，都是住這裡的老鄰居老朋友，我也算是漂泊浪子，不要害怕。

好說歹說，終於說服他脫掉上衣，露出一半的刺青，乖乖趴在按摩床，頭埋入床頭洞前還轉頭一臉凶狠跟我說，敢玩把戲一定讓我死。

我先幫他塗上按摩油幫他刮痧。一邊刮一邊聽他臭彈他魚肉鄉里強暴婦女的各種「豐功偉業」。我學著警探節目想要套話，趁機問他說也姦殺過人嗎？

他果然還算機靈，一聽馬上轉頭罵我髒話，說我話太多了，然後一副要跳起來揍我。我馬上去拿我家的祖傳骨董級拔罐器，還好哥有練過，精準地壓在他的背上，吸住，吸吸吸吸用力吸！

　　一開始是局部的肉被吸進罐子裡，他繼續飆罵髒話，說很痛，我就繼續拔，繼續吸，直到他整個背部都被吸到拔罐器裡面，吸進去同時還發出骨頭碎裂聲，他已經痛到說不出話了。

　　是的，我家祖傳的拔罐器有強大的吸力，可以把人吸進拔罐器裡，夠強吧。我繼續拔，繼續吸，滿身是汗！強暴犯的臀部也被吸進拔罐器，大腿、小腿也被吸進拔罐器。手臂、手掌也被吸進拔罐器裡面。

　　再吸再吸，再拔再拔，脖子也被吸進拔罐器。最後剩下頭與拔罐器。

　　啊，他的慘叫聲與身體發出的聲音，相當悅耳耶。

　　強暴犯的氣勢完全沒有了，他開始像小孩一樣哭著求我放過他。我笑了笑，繼續拔繼續吸，他的頭也慢慢被吸進拔罐器裡面，頭部的碎裂聲異常清脆反而讓我漸

漸覺得噁心跟恐怖。

　　最後，強暴犯全身都被吸到拔罐器裡面了，很幸運這次吸的順序都對了，他的嘴巴就正好開在拔罐器的洞口。我脫掉褲子，把我的重點部位塞入拔罐器，不斷來回，繼續拔繼續吸。

　　喔，對了，這不是我的第一個收藏品。

Robbie 的創作靈感

　　我很常中暑，因為天生不太流汗體質，身體無法散熱，因此常常去拔罐。

　　拔罐的時候我常常就在想，都已經是 21 世紀了，為什麼拔罐還是圓的，沒有其它形狀呢？而且如果拔罐有各式各樣的形狀不就可以像短暫的紋身一樣，多好。

　　拔罐給我很多的靈感，例如可以驅邪或排除負面念頭。

　　如果收驚或貼符咒，只是在表層作用而已，那用拔罐吸成符咒的形狀，或者是拔罐就順著符咒的字樣

來畫，是不是皮膚上的紅印也能帶有符咒的功效，同時把體內陰氣排出，我的想法是不是很棒！！

　　我很喜歡這個有點情色暴力的結局。這篇我構思很久，原本更情色，但後來還是收斂一點，畢竟我希望我的故事獵奇但不至於太變態。

資訊量
太多

年輕的自己

　　好友莉莉新居落成，入厝那天邀請我們去她家賞屋
坐坐。

　　真的只能坐坐，現在的房子好小喔，我們從進門、
廚房陽臺看一圈，也才走不過三十步路吧，我心裡面這
樣想。不過終於有了自己的新居，莉莉情緒高昂，拉著
我們說一定要參觀她的主臥房。

　　一進門，大家都嚇傻了。房間也小，床鋪是單人
床，純白，左右兩邊擺滿了菊花跟百合花，床的正上方
的牆還擺著莉莉年輕時的照片。我們這群人講話都很直
接，其中一位就直言：挖靠！這樣擺法就像靈堂咧，莉
莉妳睡在上面不就像是屍體咩，很不吉利耶。

　　莉莉擺擺手加上翻個白眼，一副我們沒見過世面的

樣子，說這是最新的美容法，不用買保養品更不用去醫美，就照這樣擺，慢慢的，你掛在上面的照片會變成現在的你，而現實中的你，就會回到當年那個年紀唷。我們都覺得莉莉病了。

不過若真的這樣可以返老還童，也太棒了吧。

不到兩周後，我們又見到莉莉時嚇了一大跳，因為莉莉真的成功回春，整個人回到 26 歲花開時期的美貌，雖然皮膚緊繃並非青春的權利，但是莉莉散發出的，就是 26 歲時的氣息，這絕對是醫美辦不到的。

崇尚醫美也做過整形手術的女友決定效仿。但是躺了一個月之後，完全沒有改善，倒是我渾身不對勁，每次看她的房間擺置都感到驚嚇。

我不好意思跟女友說，但我在猜可能她整形過度，前後長相差太多，已經無法判斷是同一個人，所以才沒辦法跟照片交換，成功回春吧。

不過，我決定也要把我房間打造成靈堂的樣子。因

為我想從 38 歲回到 28 歲。

　　布置好之後的頭幾天，晚上睡覺都會夢到自己死掉的惡夢。大概過了一周，有一天睡到一半突然被手機鈴聲吵醒，一接起來就掛斷，正想罵髒話，把手機丟回桌上時，一抬頭竟然看到 28 歲的我正從照片裡爬出來，我徹底驚醒。

　　天啊，面對十年前的自己，好特別！但是……這下我就懵了，所以那個年輕版本的莉莉也是像這樣從照片裡頭爬出來嗎？

　　我問 28 歲的我，接下來該如何進行，你要怎麼幫助我回春？28 歲的我說，接下來要殺了我，然後把我塞進去照片裡，他繼續生活下去，「我」會年輕十歲，開開心心的生活著。

　　殺了……我？

　　那塞入照片裡的我呢？在幹嘛？還會有知覺嗎？

28 歲的我說不會，因為 38 歲的我就是死了，而 28 歲的我，也就是他，會繼續存在著。這就是靈堂回春法的祕密喔，啾咪，28 歲的我這樣說。

38 歲的我覺得 28 歲的我的「啾咪」既熟悉又討人厭。我看著 28 歲的自己，那時候頭髮短短的，臉上的皺紋少很多，還有稚氣的感覺，憨憨的，少了現在的成熟味，也少了起碼 10 公斤。

我問 28 歲的我可不可以親嘴一下，因為我很自戀，想跟自己親嘴看看，不然平常都是親鏡子或是手機上的自己。28 歲的我笑了，說完全可以理解十年後的我還是如此自戀。於是我與我自己接吻了。

親吻瞬間，我撈出床頭櫃底層的剪刀往 28 歲的我的脖子一插，血用力噴灑整個房間。28 歲的我難以置信 38 歲的我竟然這麼做！

他失血過多，無力倒下，口袋的刀片也掉了出來。我把 28 歲的我塞回照片裡面，然後心安理得地躺回床

上繼續呼呼大睡。隔天一早，我便把靈堂布置撤下，還原回之前的樣子。

我喜歡 38 歲的自己，有智慧的皺紋，成熟穩重的男人味。當然，加上多了十年的歷練，當然可以輕鬆擊敗 28 歲的自己！

Robbie 的創作靈感

　　你聽過「不可以在床頭上方擺夫妻合照」的民間傳說嗎？

　　舊時很多人都會把夫妻唯一的婚紗合照擺在床正上方，但可能就是因為很像靈堂擺設，像棺材上面的照片，所以就變成這樣的民間傳說了。

　　這篇故事靈感來自於此。

　　不知道你有多少肖像照片？我發現很多人年輕的時候比較常拍照，所以肖像照片常常都比現在的自己年輕，結合了上述的民間傳說，與我的怪腦袋，就開展出這個有些怪奇的短篇了。

最後我安排讓現在的自己擊敗了過去的自己，一方面我相信薑是老的辣，另一方面也是我此時真實的想法：比起過去的自己，我更喜歡現在的自己呢。

巷弄臨停的車子

　　我家住在小巷子裡面，整條巷子都是透天厝。附近很多辦公大樓，所以常常會有人停在我家門口。

　　說真的，我並不在意，只要你有留電話，願意接，我覺得都是小事。但我對面一戶鄰居，陳小姐，她可就不這麼想了。不過她本身跟街鄰關係也不和善，自然對臨停的人就更不友善了，常常聽到她動不動就開門飆罵三字經。

　　有一天倒垃圾的時候，陳小姐就在我們面前大發飆。原因是她家門口停了一輛藍色休旅車，已經停放一天都不移開。

　　車主有留電話，打電話過去對方會接，也很有禮貌的說待會過去移車，抱歉。但是，一天過去了，完全沒

有要移動的跡象。

　　第二天過去了。

　　第三天過去了。

　　完全都沒有人來移車。

　　聽說陳小姐去報警，警察也是先打電話通知車主，對方依舊很禮貌地說，抱歉，待會就過去移車。

　　有一天正中午，太陽高照，天氣熱加上看到這個搞不定的路霸，陳小姐實在崩潰受不了了。

　　她本身是賣燒烤的，我們聽她大罵了幾聲三字經之後，轉身衝回家，從家裡提了一大桶燒烤醬，直接倒撒在車上。

　　還沒完喔，接著陳小姐又回去拿棒球棍，一棒一棒把車子打凹，然後又去拿螺絲起子，用力把輪胎戳破。

　　這樣還不夠，陳小姐再把車子前蓋撬開，又回去提另一桶燒烤醬出來，把所有能倒的孔洞都倒入烤肉醬。

　　最後，陳小姐回家拿了一個行動小冰箱和噴槍，裡頭放了很多烤肉串和啤酒，日正當中直接在超燙的車蓋上面一手用噴槍炙燒，一手翻烤串燒，還分送給圍觀的

大家吃。

　　巷內的人雖然覺得暴力行為不可取，但該怎麼說呢……大家也不敢跟陳小姐多說什麼，更何況大家應該也被這種路霸臨停行為感到困擾，所以也沒有人站出來說話，算是默許陳小姐這樣的作為吧。

　　吃飽喝足之後，陳小姐抹抹嘴，再次拿起手機打給車主，沒想到車主這次直接嗆聲回話，說你把我車打爛，我是怎麼移車啦，然後直接掛陳小姐電話。

　　不久後，警察再次到場，撥了車主的電話，意外發現車子裡有震動聲。循聲探索，意外發現聲音來自車子深處……來自其中一個輪胎裡頭！

　　警察找人把輪胎切開，然後再打一次電話，車主的手機竟然真的在輪胎裡頭……然後除了手機之外，竟然還有人的手掌！

　　所有人都嚇壞了，這件事情瞬間升級為謀殺案。警方要人把四個輪子弄破解開，發現四個輪胎裡面都各有人體部分軀幹。

警方覺得事有蹊蹺，又叫人把座椅也打爛，發現裡面有大量骨頭。經過化驗，輪胎裡的軀幹和骨頭，屬於同一個人。

　　但是除了在輪胎裡的四肢，車座椅的骨頭，那其它地方呢？身體的肉呢？皮膚呢？警方慎重的打開了後車廂，空無一物。

　　當大家納悶時，一位聰明的員警繼續敲鬆車子，把車子一塊一塊解體。果然，在車子的金屬外殼內，不管是車頂的、門的，總之就是車子的外殼，裡面竟然有空心的部分，而空心的部分翻開，就像翻開蟹殼一樣，中間空心的地方塞滿了肉。

　　之後車主就不接電話了。

　　應該說，那當時接電話的是誰呢？倒是警察像翻蟹殼一樣發現車子金屬隙縫中的人肉時，陳小姐亂撒的烤肉醬剛好滴了下來，那味道倒是讓人難忘。

　　過了幾天，警方約談了陳小姐，聽說從車內找到的手掌指紋，經過 DNA 檢測，就是車主本人。

Robbie 的創作靈感

　　我們家是透天厝，常常都會有臨停。其實除了少部分的人不留電話號碼之外，大部分都會留。

　　可是你知道嗎？一周被停一兩次真的無傷大雅，但是天天都被停，一臺走換另外一臺，連你機車都不好牽出去，真的慢慢會情緒暴走，而且留了電話也不見得會接，所以這篇靈感來自於常常被臨停的感受與發洩囉。

網拍推薦商品

　　之前因為好友生小孩,於是我就在網路拍賣上逛了許多母嬰相關用品,也買來很多產品寄給好友。一切都是自然不過的購買經驗。

　　然而我發現之後拍賣網推薦給我的商品,全部變質了。全部都是一堆色情商品,而且很多照片的尺度會讓你很錯愕,懷疑怎麼不會被檢查出來然後下架。真的就是三點全露,或者只是薄薄馬賽克。

　　除了色情商品,更可怕的是,拍賣網竟然開始推薦給我其它詭異商品,例如整隻死老鼠,以及老鼠條(我沒有打錯字,還有商品名稱叫鼠條加大的咧)。

　　一開始我還傻傻的點進去檢舉,結果因為點進去瀏覽過,系統判定我可能有興趣,因此我現在進去網拍頁

面就出現大量動物屍體商品，例如蛇的屍體、蜥蜴的屍體，各種小型動物的。

我非常崩潰，逛網拍比看鬼片還恐怖，後來我發現不只一個人像我這樣困擾了，在××拍賣網臉書社團還有Line群組上，已經一堆人哀號。

更神奇的是，網拍繼續推薦給我的相關商品竟然出現泰國陰牌。真沒想到臺灣的拍賣網站竟然有人賣屍油，還有屍體做的陰牌。

不知道不是看太多怪怪的東西，這幾天胃脹難受，躺床休息太久，實在是太無聊了，無所事事之餘，我還是把這些推薦商品一個一個點開來看。商品細節描述真的鉅細靡遺。我看了某個陰牌的簡介，描述死者生前是孝順但淫蕩的女人，某次劈腿情事曝光，被丈夫發現後砍殺致死，屍體被某阿贊師父做成陰牌。

商品使用說明還備註，若是八大行業、感情復合、夫妻感情、招財，都能夠使用。若是女子配戴，會充滿魅力，男人都愛你。若是男子配戴，床上會變得更勇

猛，讓女生欲仙欲死。

　　我始終相信相逢即是有緣，於是死老鼠跟女靈陰牌還有情趣商品，我都下單購買了。

　　收到包裹後，我很認真拆開錄影，作評價紀錄。陰牌其實不大，圓形的，輕輕的，上頭就一個女生的遺照，背面是罐子，裡面裝黑黑的東西。

　　至於死老鼠，我覺得比陰牌更可怕。我就直接把牠們放在陰牌旁邊，想說或許她可以吃嘛。喔對了，死老鼠是三隻疊一起真空包裝，活生生地就像是抱一起直接冷凍一樣，感覺開封解凍就會活過來，真是令人起雞皮疙瘩。

　　半夜睡覺到一半轉身，感覺手碰到一個很怪異觸感的東西，打開檯燈一看，一隻死老鼠躺在我的床上！我嚇得直接跳起來尖叫！立刻把床單扯起來，丟進洗衣機，然後把老鼠丟到馬桶沖掉。

　　嚇死我了！這時我發現老鼠包裝打開了。

　　怎麼可能？我一個人住，剛剛開封拿出來時也確定

包裝嚴實，沒有破損呀？更可怕的是，裡頭三隻只剩一隻，兩隻不見了耶！

我瘋狂找尋死老鼠的下落。一隻在桌子底下，身體已經被支解，身首異處，死狀悽慘，非常噁心，我立刻去拿夾子，忍著想吐的感覺，一塊塊夾起來，丟進馬桶沖掉。

還有一隻躺在櫃子附近，但是我這時候才發現原本放在老鼠旁邊的陰牌不見了！我看著死老鼠鼓起的肚子，天啊，我真的……

隔天，我請獸醫系的朋友幫我處理這隻老鼠。果然，在老鼠肚子找到了這塊陰牌！而且老鼠的嘴巴像是被什麼東西撕爛得很嚴重，獸醫朋友說看起來不是老鼠自己吞下去的（我說廢話，這是冷凍鼠條耶！），說是從嘴巴硬塞進去，還硬是穿破肚子。獸醫朋友默默轉頭，用狐疑的眼神看著我。

不是我！我趕緊否認，如果是我幹的，我幹嘛害怕到拿過來給你幫我確認啊。

獸醫朋友還是一臉懷疑，甚至有點鄙夷，我就趕快落荒而逃。後來我越想越不對，昨晚除了只有我一個人，我甚至都沒有聽到任何聲音呀，難道是……想到就作噁。

　　但那是一種很奇妙的感受，越想會越毛，但越發毛，你就越覺得好像難得碰上什麼不可思議的東西，想要一探究竟。既然這東西既邪門又神奇，於是我開始買食物祭拜這塊陰牌。

　　應該說這塊陰牌真的很靈吧，我拜了三個禮拜，竟然終結我的母胎單身，工作也越來越順利，甚至買樂透還連續中了一些小獎。

　　有天我臨時出差，然後到女友家過夜，兩天後回家發現陰牌又不見了。同時發現我家養的魚全部死掉，肚皮外翻。其中一隻肚皮圓滾滾的，於是我深呼吸，又捧著我的魚，衝去找獸醫系的朋友幫我處理。

　　果然在魚肚找到了陰牌。

　　所以陰牌得天天祭拜，一天也得罪不得呀？這下真

的不太妙，我詢問賣家，可否把陰牌退回去，不用退我錢沒關係。賣家說好，但她再三強調我很幸運，遇到了超靈的牌，請我一定要幫她多多宣傳。

我很慎重地最後一次焚香祭拜，還特別去買了小老板海苔和老大哥花生，我鄭重地向陰牌道歉，說我必須送走她。

我說我現在生活很幸福，實在沒有什麼要祈求的，所以要送回去給賣家，再轉給更有緣更需要她幫助的人，這樣才能增加她的福分喔，沒有別的意思。

我非常謹慎處理這件事，因為深怕會有反噬效果。接著我用很漂亮的盒子裝好，然後去接準備下班的女友，今天也打算在她家過夜，隔天一早再直接帶去女友家附近郵局寄回給賣家。

當晚我跟女友上床的時候，她看起來特別爽。完事之後，她很興奮地問我是不是去入珠，我說沒有啊，她不信，說就有感覺到一塊東西。結果一看，我的陰莖一邊似乎有塊腫瘤腫起來，嚇得我跳下床，褲子都還沒穿

好就開車衝去急診室。

反噬來得又快又突然，買陰牌真的是人生最錯誤的決定。等待的過程，我瘋狂檢舉有賣陰牌的店家，真的是害人不淺，應該消失在網拍中。

照了 X 光，果然那塊陰牌目前在我陰莖裡面，外觀看起來就像入珠。醫生與護士驚訝地看著我，我也很驚訝地看著他們，我跟他們掛保證這是靈異事件。

醫生雖然一臉狐疑，但非常有醫德說這個要立刻取出，不知道會不會有什麼感染。

但這下我卻猶豫了。

女友舒服的模樣讓我想起網拍賣場有關這塊陰牌的介紹：若是男子配戴，床上會變得更勇猛，讓女生欲仙欲死。啊！原來是指這種配戴效果呀。

最後我決定暫不取出。幸運的是，陰牌沒再亂跑，而且經過幾次冒險實驗，我發現一天不祭拜也能安然無恙，大概是陰牌對這樣的結果非常滿意吧。

於是我現在桃花爆棚，夜夜笙歌。

Robbie 的創作靈感

　　相信很多創作者跟我一樣，發表前通常會特別緊張，特別是 KUSO 搞怪的，或跟色情有關的，這篇就是如此。

　　這篇靈感來自批踢踢 e-shopping 版的某篇文章，文中提到很多人發現蝦皮拍賣會出現一堆很奇怪的推薦商品，例如陰牌、老鼠肉、情趣用品等。

　　他們覺得困擾，所以點進去按檢舉，孰不知最荒謬的是，因為點進去這個行為，被蝦皮自動判定他們對這類型的產品有興趣，最後搞得他們整個蝦皮推薦商品都是這類型商品清單。

我絕對相信這個世界上有不可思議的能力。但是也希望大家在無助的時候，不要看到拍賣網上有什麼許願蠟燭，或者是來路不明的佛牌甚至泰國法事，就花大錢砸下去，最後金錢跟心靈都受傷。

　　我相信有鬼神，只是我認為那種真正有能力的，不會隨便在賣場或者是 google 就被你找到，而且還是花錢打廣告贊助的。

　　我是七年級生，現在都老大不小了。也都要邁入中年了。我很深刻的體會到，當年某件事很痛苦很煎熬，但未來回首，你會發現一切都是最好的安排。甚至感謝當年發生了那件事，才有現在的生活。總之，我們一起努力吧，願生活美好。

刮鬍刀許願法

　　你看到我現在滿臉大鬍子，肯定不相信我以下要說的刮鬍刀許願法。

　　如果我自己都不刮鬍鬚，怎麼證明這真的有效？但這是真的，刮鬍刀許願法是真的！

　　我鬍子長很快，而且很容易長滿長好，所以以前幾乎天天都要刮鬍子，平常上班一定是刮得一乾二淨。

　　不過假日時就不刮，我喜歡自己有點鬍碴的模樣。特別是赤膊圍著浴巾，看著鏡中的自己刮鬍子，覺得真是性感。也因為我喜歡有些鬍碴感，加上我又常出差，因此我都是用拋棄式刮鬍刀，省成本又好用。

　　但不可否認，這種拋棄式的刮鬍刀必須事前讓臉沖大量熱水，不然常常會刮出血來。

有天我急著出門，拿了刮鬍刀一刮，痛了一下，流出了一些血，流到刮鬍刀上。我突發奇想，人家說養小鬼餵血可以幫你成願，為何我的刮鬍刀不行呢？於是我就跟刮鬍刀說，我今天想要吃客家料理！

　　傑克，這真是太神奇了！過沒一小時，女友打電話來說晚上她爸媽上來，約吃客家料理。晚上我就爽爽吃了兩大盤我最愛的薑絲大腸，喝超大一碗桂竹筍湯。

　　我自創的刮鬍刀許願法竟然有用！

　　我想要加薪！

　　隔天一早我又往臉上刮下去，咦，突然刮不出血。奇怪？於是我換了好幾個角度，刮了弧度比較難的下巴到脖子這段，果然出血，而且好痛，流更多血了。

　　兩天後，主管找我一起吃午飯，跟我說下個月幫我加薪 3,000 元。挖塞～這間公司可以加 3,000，是真的很多很夠意思了耶！

　　下午，媽媽突然打電話給我，說我的愛貓口腔長了東西，醫生檢查後說很嚴重，或許活不過兩周。

這怎麼可以！從學生時代就陪伴我的愛貓，前幾天還好好的，怎麼突然會這樣！我心神不寧，抽屜裡翻出拋棄式刮鬍刀，立刻衝去洗手間對著鏡子許願。

　　希望我的愛貓能健康！

　　當我把刀子從鬢角刮下來，刮到臉頰的時候，整個刮鬍刀刺穿我右邊的臉頰，穿進口腔裡。我的臉頰狂噴血，痛到連尖叫都辦不到。好險同事剛好看到，緊急帶我去醫院。

　　縫了超多針，經過人工植皮等等的治療之後，我終於可以開口說話，便趕快打電話給我媽問貓的狀況。

　　刮鬍刀許願法再一次成真，我的貓奇蹟似康復了。雖然我的愛貓康復了，但我後來不敢再刮鬍子，身心受創，產生陰影，右臉頰則永遠有了無法恢復的傷痕。

　　但因為不敢刮鬍子，臉頰馬上長滿鬍子，把傷口蓋住了，不過把濃密的鬍鬚撥開，還是會看得到一條明顯的疤。三年後，我家的貓壽終正寢。在家人的懷抱中離開。你問我會不會後悔？用一條永遠去不掉的疤痕去換愛貓三年的性命？我一點都不後悔。全世界的人都知道

要珍惜身邊的人事物。不過我相信「真的失去」過，人才會真的去珍惜。

像我，我當時要失去我的貓了，所以這三年，我更加珍惜與愛貓相處，因此我認為臉頰的傷痕，就是我的愛貓進入我生命中，帶來更深刻意義的一個紀念。

後來又過了三年，我一直都把持得住，抗拒誘惑，沒再使用刮鬍刀許願，直到上周，女友跟我提了分手。

我頓時失去生活動力，對什麼都沒欲望，吃飯沒味道，越來越難爬起床，更不用說出門。

畢竟嚴格說起來她是未婚妻，而不只是女友，我以為我們有共識要一起互伴終生。真的超心痛的。

我猶豫了很久，決定再次拾起刮鬍刀。光是先去掉一大把鬍子就花了一些時間。好了，看到皮膚了，這次我決定換刮臉的左邊，沒刮出血。再刮下巴，唉，怎樣刮都刮不出血。

我最後心一橫，用力往我小腿肌的腿毛一刮，整個刮鬍刀竟然刺穿小腿肌，傷口見骨，血管大噴血。

我崩潰地痛到尖叫，好險我媽在家，緊急送醫。這次的療程更長了，但我的未婚妻當晚就傳訊息來跟我求復合，說她最愛的是我。

　　隔天她到醫院探視，看到我的傷口，傷心地抱住我，說都是她不在我身邊，我才會這麼不小心。我笑著跟她說只要你肯回來，什麼都是小事。

　　這時候醫生走進來病房報告我的病情，重建需要時間，復健時間也會比較久，畢竟傷到韌帶，割太深，即便復原，別說跑步，基本行走都無法跟過去一樣順暢。我的未婚妻溫柔地看著我，跟我說，只要活著，人平平安安，這些都是小事。

　　當晚她離開醫院後，我怎麼打電話傳訊息都沒回應。沒多久，我就被她永久封鎖刪除了。

Robbie 的創作靈感

　　某天刮鬍子的時候，不小心刮到流血，我就突然想到這個畫面很像養小鬼餵血，靈光一閃就想到說不定有一種刮鬍刀許願法的存在：你許願，刮鬍刀願意幫你的話，你就會被割傷，願望也會成真。

　　我們常常都會許願，但我時常在想，會不會得到些什麼，就會失去些什麼。當然不要最好啊，只是我總是不禁會去思考這種得失平衡的可能性。

　　至於割傷到什麼程度，然後代價如何，就要看願望的大小。願望越來越大，傷口就得越刮越大，這就是平衡的代價。

主角為了讓未婚妻回心轉意，把腿都刮穿了，未婚妻真的回來了，但即便回來了，當知道他的腿再也無法正常行走了，未婚妻還是決定拋棄他。

　　刮鬍刀許願法再怎麼有用，也比不上一個健康的身體啊。

　　許願真的是很微妙的事情，刮鬍刀承諾的或許只是讓未婚妻回來，但沒有說是不是會讓人願意永遠留下呀。

　　又若是許願真的能以 A 換 B，不管表面上代價如何，或許我們當下覺得值得，但有一天回首，才會看見更全面的後果，到時候會不會後悔還很難說囉。

　　所以，這樣想一想之後，你還想要許願嗎？

脖紋

　　最近我發現我的脖紋越來越多，越來越深，讓我很困擾。走在路上，或者在捷運車廂裡，我都會忍不住猛盯其他人的脖子，發現好像很多人跟我一樣，脖紋好多好明顯。

　　我開始每天跟好友抱怨這件事情，好友們也漸漸「看見」自己的脖紋，不過有些人也是很多很深，有些人看起來淺淺的，但因為好朋友們都開始談論脖紋，漸漸越來越在意，越看越不舒服。我開始圍圍巾，就算氣溫飆到 35 度，熱到快暈了，我還是堅持不拿下來。

　　畢竟這是年齡漸長的象徵之一，醫美圈近期也利用這個話題趨勢，紛紛打起廣告，宣傳自家診所各種消除脖子紋路的優惠療程方案。

一個月後，幾個女立委和女性政治人物一起召開記者會，平常她們都穿硬領套裝，看不太清楚脖子，今天紛紛穿圓領衣服，還刻意抬起頭，對鏡頭秀出自己的脖紋，告訴大家說脖紋是年齡的長成，是一種智慧，一種美，而不是老了。

　　她們譴責過度崇尚青春，恐懼熟齡的風氣，大聲疾呼，請勿再用脖紋來恐嚇與刺激人們對於老化的恐懼。

　　這個活動非常轟動，臉書上一堆女生（也漸漸出現一些男生）的脖紋自拍照，並標上 **＃我脖紋我驕傲**。

　　然而，同時許多人也在詢問，那為什麼有些人的脖紋真的越來越明顯？那些人覺得跟過去相比，不過短短幾年變化，自己的脖紋竟然可以變得這麼明顯，真的是前所未見，不少人開始懷疑這是打新冠肺炎疫苗引起的後遺症。

　　網路上開始出現許多傳聞，有的消息聲稱某個頂尖研究團隊已經發現出脖紋明顯的原因，但因為原因過於衝擊，所以把結果蓋牌，不打算公諸於世。

不知道從哪天開始，網路上瘋傳一則影片，片中有位醫美醫生透露說，原因雖不明，但聽說脖紋和發生性行為的人數成正比。

意指，跟十個人發生關係的人的脖紋會比只跟一個人發生關係的人來得深且多。也是因為這樣，那些研究團隊為了道德因素，才不公布脖紋多寡的秘密。

這則影片中的醫美醫生被肉搜起底之後被一些專家砲轟，但之後陸續又有更多的醫美醫生說這是真的。

頓時，消除脖紋的醫美跟同期比起來成長 500%，圍巾超級熱賣。現在大部分的人都會圍著圍巾上班。**＃我脖紋我驕傲**的貼文一一自動消失。

之前那幾位女立委跟女政治人物站出來秀出脖紋的影片跟照片被人放超級大特寫，談話性節目主持人還拿來當話題調侃，一一細數誰有幾條脖紋，推估她們的性行為對象有多少。

那些女政治人物都否認，但也強調，性行為是個人自由，她們不會因此隱藏自己的脖紋。果真她們的人氣飆升！甚至紅遍亞洲，成為新時代女性典範。

脖紋事情持續擴大中，結婚典禮的儀式中多了新郎新娘要數對方的脖紋的橋段，甚至影響典禮的順利舉辦與否。男生和女生兩樣情，高領婚紗熱賣，女生極力遮掩不露出自己的脖子；男生倒是很願意表態，彷彿越多性行為對象越厲害似的。

　　臉書上開始一些男生發起 **＃我脖紋我 MAN** 的自拍活動。交友軟體上，一堆男的第一張是臉照，第二張是脖紋照，第三張才是身材照。而且據說，露出脖紋的男性，脖子上越多紋路的男性，竟然意外的特別受歡迎！網路上竟然還有販售畫脖紋的脖紋筆！

　　兩個月後，又出現另外一個流行的新說法：有位不具名的美國犯罪行為研究專家表示，脖紋的長成，與性行為人數完全無關，與你是否殺人，或間接殺人，或殺人未遂成正相關。

　　更具體來說，很深的痕，代表真的有殺人。輕微的痕，可能有殺人未遂，或者是不知情的情況下讓對方死亡，例如霸凌後自殺、分手後對方自殺……大家看了之

後反應笑笑：怎麼可能，每個人多少都有脖紋呀，講得好像大家都殺過人似的。

　　兩周後，數十個國家頒訂新規定，即日起醫美診所禁止提供脖子美容手術，否則視同殺人共犯或湮滅或隱匿證據。

　　現在大家都圍著圍巾出門，就算去巷口的便利超商或者倒垃圾，穿吊嘎跩拖鞋的阿伯也會假裝戴一個矯正護頸套，每一篇**＃我脖紋我 MAN** 又悄悄一一刪除消失，來不及撤下的人都被調查。

　　倒是，當時站出來開記者會秀出自己脖紋的女立委跟女性政治人物，再次成為話題人物。照片被放大來看，那些談話性節目主持人拿起同樣的照片題板，一一分析她們的脖紋，然後不知道從哪裡挖了各種八卦，大肆談論她們的感情或家庭問題，猜測她們間接或直接殺了幾個人，傷害了多少人。

　　聽說後來警方介入調查中，一方面是請這些談話性節目要新聞自律，但另一方面這些女立委跟女性政治人

物都被請去問話。

目前她們的粉絲頁都已關閉，不再對外發言，只有一個女立委公開宣稱她脖子上的痕跡是自己多次上吊自殺未遂留下的痕跡，但大家不買單。隔幾天頭條新聞報導，她真的上吊身亡了。

今天晚上，我看著鏡子，細看自己的脖紋，兩條很深的痕跡，跟四條淺淺的紋路。那兩條我知道原因，但是另外四條淺的，我真的不知道我無意間傷害過誰，在此跟您說聲抱歉。

Robbie 的創作靈感

　　一直很想寫一篇關於脖紋的故事，因為常常聽人說鬼故事往往都來自於作者自身的恐懼。

　　我很擔心我的脖紋，而且更可笑的是，以前明明沒在意，當有一天突然在意了，就無時無刻一直看自己的脖紋。

　　現在拍照第一件事情不是看臉帥不帥，肌肉大不大，而是看自己的脖紋有沒有很多條。所以我開始把脖紋無限放大，想像一種身體印記，劇情就不斷的翻轉，一下被以為是性行為次數，到後來才發現是殺人的次數。

如果無形之中傷害到人，只是自己不知道，脖紋易見說不定是好事，發現時還來得及懺悔。

　　然而多數的時候，人們往往對自己做過的傷害不知不覺，以為匿名或者只是敲敲鍵盤，隨便說話不用負責，這才很恐怖啊。

抓周

　　年紀到了，學生時代起認識的朋友們一個接著一個生孩子。這陣子最常聽到的話題就是抓周。

　　什麼是抓周呢？簡單來說就是小孩子滿周歲時，父母會讓他們穿上虎相關的衣服跟裝飾品，然後地上放了許多的象徵性物品，藉由讓孩子抓取那個物品，去推測他未來的工作走向。

　　說迷信是迷信，但也不失為一個生涯規劃的判斷（或其實就是父母的私心期待）。

　　幾個朋友的小孩剛好是同月生日，他們在網路社團中召集了更多同月生的寶寶，想要一起熱鬧舉辦大一點的抓周活動。雖然我還沒有小孩，但也算準新郎，朋友力邀我去見習觀禮。

我到了現場，看見一堆父母手忙腳亂忙著為小孩換裝，地上已經放置了眾多道具：

課本（象徵當老師）、
尺（象徵當繪圖師）、
麥克風（象徵當歌手、主持人）、
金融卡（象徵從事金融行業）、
布料（象徵當服裝設計師）、
放大鏡（象徵當科學家）、
化妝品（象徵從事美容業）、
秤（象徵當法律相關人員）、
槍（象徵當軍警）、
籃球（象徵當運動員）、
相機（象徵當攝影師）、
鍋子（象徵從事餐飲業）等等。

他們準備了至少三十樣物品吧，超豐富的。
一個一個小孩按照順序抓周。抓取前，每位父母都

一臉笑笑說抓什麼都好，小孩平安長大就好。但當小孩慢慢爬到物品區時，每一次動手要開始抓的時候，每個家長的呼吸聲都變得好沉重，緊張得跟聯考放榜一樣。

不過，奇怪的事情來了。

不知道是不是我眼睛脫窗還怎樣，每一個小孩抓到最喜歡、玩最久的物品時，我都在他們身上看到一團紅色的薄霧。

薄霧中似乎還有大大的眼睛，一張咧嘴笑很開的笑容。甚至我看到那個薄霧裡伸出淡淡長條的霧，就像手一樣牽引著小朋友去抓特定的東西。

這……根本就是被操控了吧！其中一個小孩本來要抓鏟子，正要拿的時候，那團紅色的薄霧把小孩的手慢慢帶開，最後小孩抓住金融卡。

我轉頭看小孩的父母，他們都笑得很開心，專注看著小孩，除了我，沒有人留意到紅色薄霧的存在。那到底是什麼？

難道是儀式前的拜拜有哪裡出錯，還是這就是抓周神靈？還是說那就是小孩的守護神之類的東西，抑或是

祖先顯靈？我覺得很詭異，但當下的氣氛很溫馨愉快，我又是唯一沒攜伴沒小孩，是被邀請來見習的客人，就不好多說什麼了。

二十年後，我才知道當天的家長中有一位是社會文化研究者，他後續追蹤了這些小朋友長大之後的發展，想研究抓周的結果與未來職涯是否真的有正相關。

我很好奇，所以也要來報告看了一下。那時同一天辦抓周禮的小朋友，現在的發展如下：

拿起課本的，後來智能不足，上啟智學校。

拿起尺的，後來從事餐飲業，曾經傳一張自己勃起照，一旁擺放的尺顯示17.5公分，傳給女生看挨了告。

拿起麥克風的，去當了孝女白琴，結果唱得太大聲被黑道抓出去痛毆，目前整天待在家鬱鬱寡歡，用歡歌app唱歌給自己聽。

拿金融卡的，目前坐牢中，因為搶劫銀行。

抓起布料的，坐牢中，因為分手談判時用圍巾活活

把女友勒斃。

拿放大鏡的，當了按摩師，一眼看不到，另一眼弱視。因為按摩技術高超，開了自己的按摩店，持續擴店中。不過最近傳出多起性騷擾客人糾紛。

拿化妝品把玩塗抹的，現在顏面療養中，被男友潑硫酸毀容。

一直敲打秤，弄得很吵的，目前待業，前陣子暴飲暴食把自己吃到 150 公斤，現在報名了減肥班。

拿起槍的，因為犯下多起強盜殺人，毫無悔意，已槍決。

拍打籃球笑呵呵的，真的有當上籃球員，但是在某次颱風天灌籃時，球架倒塌被壓死。

拿起相機的，目前緩刑中，因為躲在女廁偷拍裙底風光被抓到。

抓起鍋子一直敲擊地板的，目前住院療養中。在一場黑吃黑案件裡被人抓住手，放入滾燙的鍋子中導致皮肉分離。

看到這樣的結果，我全身發抖。我想起那個大眼咧嘴笑的紅色薄霧……希望那只是一場巧合。當年參加完那場抓周一年後，我也順利結了婚，三年後也生了小孩，也舉辦了抓周。

　　我的女兒抓周那天，一堆東西擺在眼前，我也看見她頭上出現那個紅色薄霧。她左看右看後，準備要拿聽診器，薄霧籠罩在女兒的身上，長長條狀物推著我女兒，我女兒慢慢轉向地上的梳子。

　　我看了很生氣！我不允許紅色薄霧控制我女兒的人生！於是我把書本、槍、廚具，麥克風……所有的東西全部推到女兒面前，然後我女兒笑嘻嘻的往前撲，把我推給她的東西全都摟住，右手則是抓起來我最希望她拿的聽診器！

　　全場歡呼，我叫得最大聲，心裡非常得意，大家笑著說我女兒未來肯定十項全能，然後一邊取笑我這個做爸爸超級作弊！

　　我一邊得意地笑，但同時心底忐忑，我看見女兒的頭上紅色的薄霧，嘴角向下，一臉不開心地慢慢飄走。

我女兒正在日本留學修讀日文系，跟當年的抓周結果好像沒有太大關係。

　　也好，身體健康平安就好。但是自從看了那份報告之後，我每一天都在想那些發展悽慘的孩子們，讓我內心很不安，於是趁留職停薪時，前往日本探視我女兒。

　　到了日本後，我才知道女兒在日本竟然發展起副業，成為演員。知名演員，AV 女優，以當性感醫師幫病人聽診那片爆紅。

　　我看著她成套熱銷的系列作，各種角色都扮演過，老師律師主持人歌手廚師化妝品櫃姐攝影師運動員尼姑科學家……持續增加中。

Robbie 的創作靈感

　　到我這個年紀，身邊開始很多人都生小孩了，我也參加不少朋友舉辦抓周活動，於是我開始好奇，抓周真的準嗎？還是純粹好玩，而且還是個曬小孩拍照片的好理由？

　　我當然不能錯過眼前這個惡搞的好理由，所以就設定抓周是一種詛咒的故事，而且想破壞詛咒的人，就準備收到更大的驚喜。

　　這不是很諷刺嗎？父母親表面上都說只要小孩快樂長大就好，但其實內心對小孩的期待，以及給予的無形壓力卻時常有增無減啊。

土地公

我這一生很努力行善,扶貧濟弱無數。聽說生前若做很多好事,幫助他人,死後可以投胎到好人家,或者是變成某一區的土地公,繼續服務他人。

不過我以為是投胎還是成神是天意安排,沒想到這是可以選擇的。我選擇了當土地公。現在我坐在一尊神像裡,雖跟我原本肉體長相相比差了一些,但也還可以,至少非常結實。

喔,有人來了,我的第一個服務對象,我得要好好滿足他的需求了。

只見他拿著香,與我沉默對看,嘴巴緊閉。一分鐘之後插香點個頭,然後就轉頭走人了。

傻眼耶，喂！你不說話我要怎麼幫你呢？

不久後又來另一個人，捻了香之後嘴巴一直動，嗯嗯，不錯，我想這個我可以幫忙喔！

但奇怪，看他振振有詞，但我怎麼什麼都聽不見，我直接走下壇湊過去聽，結果還是聽不到，挖靠，你是默念我哪聽得到啊！

正當我感到氣餒時，五位婦人同時帶水果來拜拜。一個開始說話：奉請土地公，弟子有一個請求，就是我兒子啊……

正當我仔細聆聽她的需求時，旁邊另一個婦人也開始說話：奉請土地公，弟子有一個請求，我婆婆最近身體不好，目前住在……

哇！等一下，等一下啦！然後其他三個婦人像是怕落後一樣，也搶著說出自己的願望。

土地公呀！我怎麼有辦法一次聽五個人說話！到底是誰說土地公有分靈的！我氣餒地走回壇上，回到神像裡面。唉，難怪神明無法幫助人們。

不久後，一個妙齡女子一來就跪著大哭，問有沒有

機會跟男友復合，還硬塞兩人的生辰八字給我。喂！這哪是土地公的職責啊？

不過我好人做到底，雖然感情不是我的職責，但因為我發現都住在同一管轄區，就當作也屬於我的管轄範圍內，我還是雞婆去幫她查一下好了！

嗯嗯，查完結果兩人是有復合機會的，但因為女生平常只注重工作，回家太累就性趣缺缺，生活沒有情趣。若恢復情趣，感情就會加溫。女生一邊哭一邊念禱之後站起來，抽了籤，問我有什麼方法可以復合。

天啊，這要怎麼轉達呀？

我查了所有的籤詩，沒有一篇是說增加情趣方可復合的籤詩啊。而且我手上這本是當代翻譯本，籤詩原文誰看得懂啊，現在當神明難道都要中文系畢業？

我隨便給了一個第二十九籤，開頭是「畔中珠自見，石內玉爭光」。看她一臉疑惑的樣子，不知道她到底會不會 get 到，我氣餒地又坐回神像。

這時又有一個人來拜拜，想要詢問目前自己任職的

工作可否繼續。我查了一下覺得可以。而且三年後這間公司會給員工配股，而且年終 15 個月哩！

待遇很不錯呀！我原本還想好可以用哪張籤詩回應了，沒想到他選擇擲筊，他跪了下來，身體幾乎趴下，杯離地面不到十公分，竟然就直接丟下去。

幹！你丟得這麼低，緩衝空間這麼小，我怎麼控制筊啦！我整個飛撲衝過去，果然來不及，啪啦，蓋筊。

我整個大腿摩擦地板，超痛，還來不及站起來，這個人也不給第二次機會，說了謝謝土地公，他決定要離職了。啊……等一下……

初二跟初十六做牙，廟方為我舉辦布袋戲。唉，前面一堆人誦經，後面一堆人拜拜，再後面又演布袋戲，然後同時奉上一堆食物，我到底該跟誰吃？怎麼吃？我要聽誰講話？

我現在到底到底到底該做什麼？！耶耶耶，等一下，等等，這樣就燒完了？你們給我的紙錢怎麼這麼少？這樣我怎麼花？什麼？環保？環保好啊！可是你單

張金額要提高啊！哪有沒提高單張金額卻減三分之二的量，是當我廉價勞工？

咦，媽祖繞境我們也要起駕跟著去繞？我是土地公需要嗎？咦咦，等等，我還在考慮耶，哇頭好暈呀，廟祝已把我放在神轎上，一低一高一低一高搖晃著抬我出去，周圍還有吵雜的鞭炮聲跟電子花車聲。

一低一高，一低一高，搖來搖去。嗯，我好像中暑了，好暈想吐！噁噁噁嘔嘔嘔！我想我還是投胎轉世到好人家好了，當土地公比以前在私人企業還累耶。

嘎，什麼，一次要做 60 年一甲子喔？！

我哭了三天後，趁一群老居民聊天時附身進去其中一位，然後宣達我的新規定：

1. 若要許願，一次只能一位，一次不超過十分鐘。
2. 輪到你之後，必須先耐心等候，詢問土地公是否查明了，獲得聖筊後才可往下問問題。

3. 擲筊盡量問是非題。

4. 不要抽籤，太文言文，土地公看不懂。

5. 不出巡，必要的話請放置轎車或卡車內。

6. 請務必燒紙錢給土地公表達感謝，若有環保需求者建議前往佛寺。

7. 初二、十六不需花錢請布袋戲，新土地公喜歡看《甄嬛傳》，播電視就好。

8. 擲筊請站著，且要丟擲時，請務必停幾秒讓土地公有時間準備。

9. 講話請發出聲音，太小聲我聽不到。

一年後，媽祖娘娘來找我，我真是受寵若驚。媽祖娘娘說，我這間土地公是臺灣整年度成願力最高的廟。信徒相當推崇，願望都能實現，建議也都很實在。天庭認為我表現很好，要把我升遷。

升遷？NONONO，不了謝謝，一甲子做完後我一定要投胎轉世到好人家，我還是喜歡人類生活，當神明實在是太累了。喂，那個誰誰誰！不要再說神明不幫你，你只是用錯方式了啦！

Robbie 的創作靈感

　　我以前跟多數人拜拜的方式都一樣，心裡默念，快速擲筊，拜完就閃人。

　　直到有一天，有位虔誠的信徒跟我說要把神明人格化，不要過度解讀祂們的能力，這樣子才會靈驗。

　　我想一想之後覺得這麼說非常有道理，所以之後我拜拜都盡量避開節慶和人潮，若有人正在擲筊，我也會盡量等他們結束我再去，我怕神明一次處理太多事會分心而讓準確度失靈。

　　擲筊時，我也會停頓一下，再站起來丟高一點，讓神明有時間反應和控制答案。

你不要跟我說神明有分靈，一次可以聽好多人訴願，我覺得這都過度神化了。特別是擲筊，杯就是實體，你離地面十公分沒給人家反應的時間就丟下去，誰來得及做滾動式修正啊，這樣的結果怎麼會準？

　　或許，當你把神尊當作人，讓神明一對一服務，許願也要說出來讓祂們聽得清楚，不要過度幻想祂們的超能力，或許準確率會更高。

腳踏車村奇談

　　我從小就住在鄉間的一個小城鎮，下個禮拜終於要搬走了。

　　這裡好山好水，但是很容易下大雨，大概一個月會有連著十天下起傾盆大雨，雨量超級大，大到讓人視線模糊，總看不清前方，能見度不可思議地差，像活在霧靄中似的。

　　喔，還有，我們這個村莊雖然封閉，但是宗教習俗卻很多元，或者說非常原始？許多習俗留下且並存，大部分的人還是會照著做。其中一個就是村民死後會放一臺腳踏車一起入葬。

　　為什麼呢？因為這個小城鎮的人基本上只從事兩種職業，一個是種田，另一個就是製作腳踏車。

這裡手工訂製的腳踏車非常聞名，很多都市裡的人會特地遠道前來購買。腳踏車是維生的工具，也是小鎮的榮譽，所以也不知道何時開始，腳踏車成了陪葬品，象徵死者與小鎮淵源，也是一種致敬。

　　後來甚至衍生出一個鄉間傳說，死者會騎著那臺陪葬的腳踏車，騎去死後該去的地方。當然這都只是鄉野奇談，我從小住在這裡，從來沒有看過這種事情。

　　但就在前些連日午後傾盆大雨的日子裡，村裡發生了怪事。

　　午後幾聲雷後，天空開始落雨，隔壁雜貨店的阿桑走到店門口，打算把門口的商品架移到裡頭，竟然看到上個月才剛去世的老林，穿著壽衣，兩眼無神，挺直著僵硬的身體，緩慢地騎著腳踏車從她眼前經過。

　　雜貨店的阿桑嚇得跌坐在地上，爬回店裡快速拉下鐵門。聽她描述，當時看見老林的眼睛半開，微微露出死白色，面無表情，非常恐怖。不只她看見，越來越多人說午後下起傾盆大雨的時候，就看到那些死去的人騎

著腳踏車，穿著壽衣，兩眼空洞，在街上遊蕩。

　　有次還碰上小朋友排隊放學的時間。小朋友嚇到鳥獸散，隔天上學之後發現班導沒來學校，原來是當天就嚇到連夜搬家。我還沒有親眼見過，據說那個畫面是越看越毛骨悚然。

　　想像那個畫面，屍體騎車耶！真的很恐怖！僵硬的身軀緩慢地踩踏腳踏車，偶爾還會發出刺耳的摩擦聲，而且不知道是不是心裡有鬼，聽說摩擦聲聽起來似乎也伴隨著骨頭喀喀聲。

　　之後每當下大雨，村裡的人會趕快回家，大門深鎖，不去看也不走出門外，因為死者會出現。

　　然而這終究不是解決辦法，而且情況越來越糟糕。因為每當下雨死者出現時，總會伴隨著臭到崩潰的味道，而且越來越濃。幾個月的忍耐之後，村民會議中大家決定以後埋葬時要用鐵鍊把腳踏車跟棺材綁起來。

　　至於之前的屍體，若家屬不想處理，那村民也就認了，畢竟挖掘困難。但如果家屬想處理，那當然最好。只是，整個村莊到處有死者騎腳踏車到處繞，讓整個村

落的人都相當害怕。

　　當然有年輕一代提議說乾脆不要再埋腳踏車，但是老一輩傳統的人打死反對，於是折衷妥協，才決議這麼做。至於重病以及正在準備後事的家屬，也都有這樣的共識，畢竟，大家都希望村民與逝者都能平安。

　　不過，這樣的方法並沒有維持很久……在一個大雨的中午，村民中午吃飽飯正要睡午覺時，聽到一個很奇怪的聲音。

　　好奇心作祟，每個人都打開窗戶看，一看之後傻眼。前幾天去世的張爸，穿著壽衣，背挺直，騎著腳踏車，後面竟然拖著棺材蓋板。

　　張爸雖然面無表情，但是看得出他正在用力踩踏，前進速度明顯慢很多。然後，啪啦！大家聽到了清脆的骨頭斷裂聲，張爸最後整個骨頭斷掉，與腳踏車、棺材蓋板倒在路中間，再也沒有爬起來。

　　事後家屬去墳地查看，空的棺材底卡在一條溝裡，他們推測張爸騎著腳踏車像推土機一樣挖出了一條溝，

破土而出。

這讓人害怕也讓人困擾，這算是再死一次嗎？要不要再舉辦一次喪禮？真的很勞民傷財耶，沒想到用鐵鍊拴住腳踏車也沒有用！這樣下去也不是辦法！於是年輕人不管老一輩的說法，自行決議之後埋葬不要放腳踏車！敲定！

然後，真的有效呢！小鎮平靜了半年，雨中不會再出現穿著壽衣騎腳踏車的死人了。

但半年之後小鎮發生好幾起的失竊案。

腳踏車莫名失蹤，不管是新的舊的，上鎖的裝箱的甚至是報廢的。

我們家中就兩臺腳踏車莫名其妙不見了，明明就放在客廳，大門都有鎖好。偷竊情況越來越嚴重，畢竟這是小鎮的主要經濟活動之一，很多準備要賣的高級腳踏車也被偷走。大家都互相猜忌，尤其是年輕人，他們懷疑老一輩的人不服氣，暗中搞鬼。

但腳踏車還是持續失竊，我們家準備過年後要搬進

城裡，其實也不少人都想要離開小鎮。元宵節的時候，家家戶戶帶著小朋友提著燈籠，四周掛滿紅色燈籠喜氣洋洋的氣氛下，非常溫馨，大家都暫時忘記了這一年來小鎮裡發生的怪事，一片和樂融融走在街道上。

原本天氣還好好地，晚風徐徐，突然間竟然下起大雨。雨滴變大，地上很快就積水一片，然後又吹起了狂風，雨水到處灌，很快就殘破不堪的燈籠晃來晃去，幾盞燈籠掉了下來。

人們一邊躲風雨，又要閃躲掉落的燈籠時，竟然聽見了車輪滾動的聲音……嗒嗒，嗒嗒，嗒嗒。

一開始只有一輛，然後嗒嗒聲越來越響亮，就像是疊加起來，聲勢浩大。

村民間傳來了尖叫聲，指著一個方向，好幾個人騎著腳踏車往我們騎過來，而每一個腳踏車上面，都躺著一個當初埋葬時沒有腳踏車陪葬的死者。

他們橫躺在腳踏車坐墊上，上半身跟下半身向兩側下垂。每具躺在腳踏車上的屍體不但臉色慘白，眼睛還睜得好大好大，露出驚恐的眼神，隨輪子滾動地面起伏

彈跳，一彈一跳時嘴巴一開一闔，彷彿有話要說。

　　然而他們都來不及發出聲音，就騎過我們面前，集體且接續地掉進了前頭的溪水中，就這樣隨著暴雨上漲的水流沖走了。

　　我們下周就搬走了，聽說其他鄰居也是，也許一個以手工製作精品腳踏車的小鎮就這樣消失了。

　　不過我們完全不想去了解留下來的人提出什麼解決方式，反正我們家是下定決定要遠離這個城鎮。

　　長輩們都騎去該去的地方了，我們應該重新開始屬於我們的生活。

Robbie 的創作靈感

　　2021 年因為工作壓力大才又開始創作，但如果你查我的批踢踢 ID，可以看到我更早期的作品，是現在的我看了會滿臉通紅的爛文章。

　　但其中幾篇我到現在還是很喜歡，其一就是〈腳踏車村奇談〉。這不是我最愛的文章，卻是我早期最滿意的文章。我真的覺得這篇畫成漫畫會很有趣，滿滿都是我最喜歡的漫畫家伊藤潤二的獵奇風格。

　　大概是看了《死國》這個鬼片，讓當時的我對於山村怪談特別感興趣吧。

A片裡面沒有A片

原作 - 裸比
編繪 - Pony

某天下班，
我走了一條平常不會走的路回家，

BLACKBUSTER

現在竟然還有這種租片行……

我呆呆地望著老舊的招牌，
想起了一件讀研究所時發生的事……

BUSTER

當時與班上的小陳非常要好，
直到現在，我們還會偶爾聯繫對方．

某年暑假，小陳要回東部住一陣子，
問我要不要過去住幾天。

因為本來就沒安排，
所以當下就爽快的答應了。

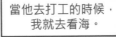

當他去打工的時候，
我就去看海。

或者在他家睡覺、看DVD。

有一天，在小陳家附近走走晃晃，
看到一家很不起眼的DVD出租店。

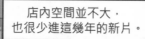
店內空間並不大，
也很少進這幾年的新片。

很多都是那種大家
耳熟能詳的老片，
像是《咒怨》、《刺激1995》之類的。

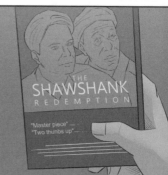

不過在店裡角落有塊區域，
後面擺放了許多A片。

就隨便買了一部
偷拍類型的片子回家。

原本是打算回屏東再看，
但因為小陳打工回來問我今天都在幹嘛，
我才跟他分享這件事。

欸，很好奇你買的那部耶，
放放看啊～誰知道是真偷拍還假偷拍？

也是齁……應該趁這時候先看一下，
免得回屏東之後想要退貨就麻煩了。

搞屁啊……

到底有沒有色情的部分？
快轉看一下後面是什麼好了……

後面的內容大致是和尚來念經。

接著棺材被抬出靈堂，
周圍有幾個女高中生在哭。

最後甚至有半小時的
鏡頭都停留在遺照特寫……

欸，別看了啦，
我覺得有點可怕……

靠……有夠無言的，
這到底是什麼鬼A片？

明天我跟你一起
去找店家理論！

算了啦……
我看直接丟掉好了。

因為小陳當時快轉的關係，又加上畫質差，
我彷彿看見遺照的表情出現了變化……

Robbie 的創作靈感

　　我從小就很害怕喪家，遠方看到藍色棚子就會避開。這個故事就是從我害怕的喪家做關聯發想的創作。能把自己的恐懼轉化成創作，又變成漫畫版，覺得很開心。討論漫畫版的結尾時，編輯說要不要加上遺照說「救我」的鏡頭，我靈光一閃，如果是「幹我」，A 片裡就真的有 A 片了耶！

　　我以前常一個人去亞藝影音挑片。即便大家都開始用 Netflix，我還是去亞藝，而且後期方案是 6 片 249 元，超便宜的！最後一家熄燈的亞藝在台中美村路上，就在我家附近，讓我難過好久。真心覺得線上平台的恐怖片跟我租回來看的感覺還是有落差呀！

鏡中的自己比較好看

原作 - 裸比
編繪 - Pony

COFFEE

這一天，我的高中好友
健銘約我出來喝咖啡。

ROBBIE CAFE BAR

2

……

好久不見啊！
這次又要推薦我什麼保險了嗎？

唉……別提了……
我現在根本就沒心情去管業績……

咦?那你這次找我
出來是要幹嘛?

羅比你聽我說,我最近真的鬱悶得要死,
我竟然發現鏡中的自己比較好看……

啊?這不是很正常嗎?我去健身房
拍自己也覺得自己身材很好啊……

對……我一開始也是這樣想,
但後來發現很多事情不太對勁……

一開始，是我女友發現我在鏡中比較好看，後來就開始親鏡中的我。

但鏡子是沒溫度的，所以她跑到浴室把鏡子插上溫熱插座，

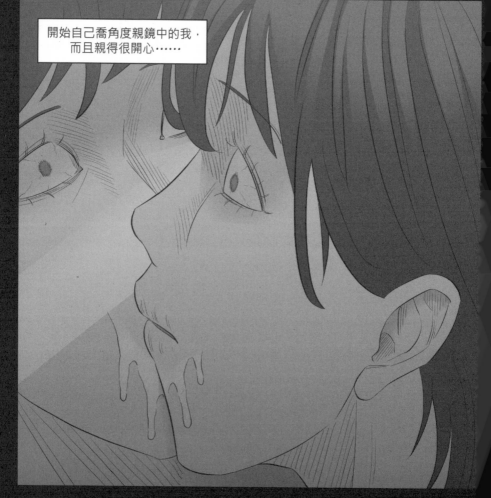

開始自己喬角度親鏡中的我，而且親得很開心……

哈哈哈！！！這什麼荒謬的故事！是伊藤潤二色情版嗎？

唉……這真的不好笑……

後來，做愛的時候她會要求旁邊一定要有鏡子……然後邊做邊看著鏡子……

哈哈……有病的是你女友，不是你啦！

直到有一天我回家發現，她把家裡所有的鏡子都改裝成溫熱模式，

然後舔著鏡中的我，包含我的下面……以及做出M字腿的動作，彷彿要跟鏡中的我結合，而且還真的達到高潮……

Robbie 的創作靈感

　　我個人很喜歡自己這篇故事，靈感起源於大家共有的經驗。照鏡子時，覺得自己很好看，但怎麼人家幫我們拍照，或是自拍時，總覺得沒有直接照鏡子來得好看呢？特別是健身亮，看到鏡子中的自己，哇嗚～真帥真好看！

　　我一直是黑盒子 Pony 的小粉絲。當初編輯在找合適的漫畫家來改作時，我主動推薦了 Pony！因為他比我厲害多了，有創意又會畫圖。

　　Pony 看過我多篇故事之後，特別挑出了這篇，我真是受寵若驚。若我沒記錯，這篇當初在批踢踢媽佛版上只有 11 個推。我相信超厲害的 Pony 把推文少但

我們都喜歡的作品改作成漫畫版時，一定會產生更多的共鳴！

感謝 Pony，也感謝鏡中的我。

國家圖書館出版品預行編目資料

神展開：Robbie 暗黑極短篇小說集／Robbie 裸比著；
　Pony 漫畫改作 . -- 初版 . -- 新北市：數位共和國股
　份有限公司燈籠出版：遠足文化事業股份有限公司
　發行 , 2023.08
　　面；　公分 . -- (Neon 系列；1)
　ISBN 978-626-96644-5-0（平裝）

863.57　　　　　　　　　　　　　　112011200

Neon 系列 01

神展開：Robbie 暗黑極短篇小說集

作　　　者 —— Robbie 裸比
漫畫改作 —— Pony
編　　　輯 —— 曹依婷
封面設計 —— 木木 Lin
內頁排版 —— 張靜怡

出　　版 —— 燈籠出版／數位共和國股份有限公司
發　　行 —— 遠足文化事業股份有限公司（讀書共和國出版集團）
地　　址 —— 231 新北市新店區民權路 108-4 號 5 樓
電　　話 —— (02) 2218-1417
傳　　真 —— (02) 2218-0727
客服專線 —— 0800-221-029
信　　箱 —— service@bookrep.com.tw
法律顧問 —— 華洋法律事務所　蘇文生律師
印　　製 —— 博創印藝文化事業有限公司

出版日期 —— 2023 年 8 月初版一刷
定　　價 —— 新臺幣 420 元

I S B N —— 9786269664450（紙書）
E I S B N —— 9786269664474（PDF）
E I S B N —— 9786269664467（EPUB）

Printed in Taiwan

L-A-N-T-E-R-N-eon
Neon 書系

日常裡充滿形形色色的荒唐，
我們需要更多的逆襲霓虹光！

燈籠